मोती मुक्तक ब्रजभाषा के

राजेंद्र प्रसाद गुप्ता

Made with ♥ on the Notion Press Platform
www.notionpress.com

काव्य संग्रह : मोती मुक्तक, जनभाषा के

प्रथम संस्करण : अक्टूबर, 2024

प्रकाशक

नोशन प्रेस, चेन्नई (भारत)

NOTION PRESS, CHENNAI (INDIA)

समर्पण

दिवंगत अपनी माई और बाबूजी को जिन्होंने अपने अत्यंत सीमित साधनों के बावजूद मुझे शिक्षित कर इस योग्य बनाया कि मैं अपने भावों एवं विचारों की गठरी लिए अंतहीन साहित्य के पथ पर अग्रसर हो सकूं।

--राजेंद्र प्रसाद गुप्ता।

क्रम-सूची

क्रम-सूची

क्रम-सूची

क्रम-सूची

क्रम-सूची

क्रम-सूची

क्रम-सूची

क्रम-सूची

क्रम-सूची

क्रम-सूची

आशीर्वचन

1.

डॉ. सुशील दाहिमा अभय, अति श्रेष्ठ साहित्यकार एवं पत्रकार, राउरकेला, ओड़िशा ।

****

जनकवि राजेंद्र गुप्ता...शुभमस्तु!!!

राजेंद्र गुप्ता से मेरी भेंट तो अबतक नहीं हुई है लेकिन फेसबुक के माध्यम से और फोन पर उनसे अक्सरहां हुई बातचीत के आधार पर मैं कह सकता हूं कि वे एक सहज,सरल आत्मिक स्वभाव के एक मिलनसार और बहुत ही शिष्ट व्यक्ति हैं।वहीं उनकी रचनाओं को भी देखा,समझा,परखा है। मां वरदे का वरदान उन्हे सहज प्राप्त है।

आज जब हिंदी, साहित्य के नाम पर संस्कृत के तत्सम शब्दों का अनावश्यक बोझ ढोने को विवश है,वहीं राजेंद्र जी 'जनभाषा' के,जिसे मैं 'हिंदुस्तानी' कहता हूं,प्रतिनिधि रचनाकार हैं।मेरा स्पष्टतः मानना है कि तत्सम शब्दों के बोझ तले सृजित रचना का महत्व क्या ,जिसे कतिपय पाठक ही समझें और पाठकों की एक बड़ी संख्या अर्थबोध से वंचित रह जाए या फिर रह रह कर शब्दकोश खोले !!? जनभाषा या हिंदुस्तानी में सृजित रचना सरलता से हिंदी के एक बहुत बड़े पाठक वर्ग तक सहजता से अपनी पहुंच बना लेती है,क्या इससे इंकार किया जा सकता है !!?

जनभाषा या हिदुस्तानी में ही संस्कृत,उर्दू,देशज,प्रांतीय और विदेशज भाषा और बोलियों का रसास्वादन सहजता से मिलता

है,ऐसा मेरा मानना है।यह विडंबना है हिंदी और उर्दू दोनों की...एक को संस्कृत के तत्सम क्लिष्ट शब्दों से तो दूसरी को अरबी फारसी के अल्फ़ाज़ से इतना बोझिल बना दिया गया है कि आज का साहित्य/अदब आम पाठकों की बड़ी संख्या से दूर सा होगया है,क्या नहीं!?

व्यक्तिगत तौर पर मैं जनभाषा के या यूं कहूं,*जनकवि राजेंद्र गुप्ता* का मैं दिल से प्रशंसक हूं।'मोती मुक्तक, जनभाषा के' पुस्तक के लिए मेरी हार्दिक शुभेच्छा सहित स्नेहिल आशीर्वाद!

-डॉ.सुशील दाहिमा अभय

राउरकेला, ओड़िशा

दिनांक : 06.07.2024

2.

गंवरु शुभेच्छा.....

शुभेच्छा रत्न धारि के, कह गँवरु हे नाथ
मोती मुक्तक सृजन रथ, न छोड़े धरा साथ।
जब तक सुरज-चाँद रहे, रहे मोती मुक्तक
जग-अंधकार दूर कर, शांति लाए सुक्तक।
जनभाषा पुस्तक इहै , जग में लाय प्रकाश
वसुँधरा के रहन तक, लाए ख़ास उजास।

~ गंवरु प्रमोद

दिल्ली - एनसीआर

दिनांक : 12.07.2024

3.

भारत सरकार के केन्द्रीय उत्पाद शुल्क विभाग में अधिकारी रहे श्री राजेन्द्र गुप्ता जी प्रकृति से ही साहित्यानुरागी हैं। सेवानिवृत्ति के पश्चात उन्होंने अपने को पूरी तरह से साहित्य सृजन को समर्पित कर दिया है। उनकी प्रकाशित कई कविता और कहानी संग्रह मेरे पास उपलब्ध हैं। उनकी कविताओं और कहानियों में उनका सामाजिक सरोकार स्पष्ट रूप से परिलक्षित होता है। वे धरती से जुड़े हुए सृजनकार हैं और तदनुरूप उन्होंने अपनी अभिव्यक्ति की भाषा को भी लोकभाषा से जुड़ी हुई रखा है।

मुझे पूर्ण विश्वास है कि उनका आठवां काव्य संकलन जनजीवन का दर्पण होगा और लोगों की पीड़ा को शब्द देने में सफल होगा। मेरी उनको हार्दिक शुभकामनाएं कि वे अपनी सृजनात्मकता से निरन्तर हिन्दी साहित्य को समृद्ध करते रहें।

हरि कान्त त्रिपाठी
से. नि. आईएएस
1/182 ए गोमतीनगर
लखनऊ
दिनांक : 15.07.2024

विशेष आभार

विशेष आभार

मां सरस्वती के साथ प्रभु गणेश जी का जो मेरे साहित्यिक लेखन कर्म में मेरी निरंतर सहायता करते हैं।

आभार

मुझे मेरी साहित्यिक यात्रा पर निरंतर आगे बढ़ते रहने के लिए विशेष रूप से प्रोत्साहित करने हेतु पटना शहरवासी, भारत के हिंदी एवं अंग्रेजी के जाने-माने बहुआयामी विद्वान साहित्यकार श्री गंवरु प्रमोद (प्रमोद कुमार) जी का हृदय से आभार।

हार्दिक आभार अति वरिष्ठ कवि, लेखक एवं पत्रकार आदरणीय डॉ. सुशील दाहिमा 'अभय' का भी जिनके द्वारा संचालित हमराही समादर हिंदी साहित्य संस्थान, राउरकेला, ओड़िशा के लिए दैनिक रूप से कविता, कहानी, संस्मरण आदि लिखते हुए मेरे साहित्य- कोष में वृद्धि होती रही।

बहुत-बहुत आभार अत्यंत प्रभावी साहित्यकार माननीय श्री हरिकांत त्रिपाठी जी, भा.प्र.से. (से.नि.) , लखनऊ का भी जिन्होंने मुझे लिखते रहने के लिए सदा ही प्रेरित किया है।

पुस्तक के प्रकाशन में समस्त तकनीकी सहयोग उपलब्ध कराने हेतु मेरे सुपुत्र अशोक कुमार गुप्ता का भी स्नेहिल आभार।

--लेखक।

उद्‌गार

'मोती मुक्तक, जनभाषा के' एक बहुआयामी पुस्तक है। पुस्तक की बहुरंगी जिल्द ही पुस्तक की कहानी बयां कर रही है।

पुस्तक में कुल चार भाग हैं। प्रथम भाग 'दोहों का दोहरा शतक', द्‌वितीय भाग 'क्षणिकाएं', तृतीय भाग 'अन्य कविताएं' तथा चतुर्थ भाग मैं 'कुछ कहानियां / लघु कथाएं' हैं।

पुस्तक के बहुरंगी जिल्द की चारों पट्टियां और उनपर छपी मनमोहक तस्वीरें इसके चारो भागों का संक्षिप्त विवरण प्रस्तुत कर रही हैं। ध्यातव्य हो कि मयूर अप्रतिम सौंदर्य का धनी बहुरंगी राष्ट्रीय पक्षी है। जिल्द पर चित्रित मोर पुस्तक के प्रथम भाग में संकलित नीति, धर्म एवं आध्यात्म संबंधी दोहों का परिचायक है। विभिन्न विषयों पर लिखे गए मुक्तक और छोटी रचनाएं पुस्तक के द्‌वितीय भाग में संकलित हैं। द्‌वितीय भाग जीवन की विभिन्न दशाओं एवं दिशाओं को समान रूप से वैसे ही प्रकाशित करता हैं जैसे पुस्तक के जिल्द पर छपा उदित सूर्य पृथ्वी के हर भाग को प्रकाशित करता है।

जहाँ एक तरफ जिल्द पर चमकता हुआ अति सुंदर विशाल लाल पुष्प पुस्तक के भीतर भाग तीन में मौजूद कविताओं की जीवंतता का परिचायक है, तो वहीं दूसरी तरफ पुस्तक के लेखक का छायाचित्र अंतिम भाग चार में संकलित कुछ कहानियों एवं लघु कथाओं में उनके सांसारिक अनुभव एवं कल्पना का द्‌योतक है।

कुल मिलाकर इस पुस्तक में 'सत्यम् शिवम् सुंदरम्' का पुट है। तन की कोशिकीय जिलेटिनस तरलता का अद्‌भुत कुट है। मन के उपजाऊ स्रोतों की राह का युग्मित जुट है। यह पुस्तक न सिर्फ बहुआयामी एवं बहुरंगी है, अपितु आनंददायिनी भी है।

~ गंवरु प्रमोद (प्रमोद कुमार),
हिंदी और अंग्रेजी के दो दर्जन पुस्तकों के ख्यातिलब्ध लेखक, कवि, उपन्यासकार, कहानीकार एवं समीक्षक, पटना/दिल्ली, भारत।

18/08/2024.

अपनी बात

मोती मुक्तक : जनभाषा के' एक विशेष पुस्तक के रूप में कुल चार भागों में विभाजित है जो विविध विषयों पर 228 विशिष्ट दोहों, 208 रोचक छिटपुट छोटी रचनाओ, 54 अन्य आनंददायिनी कविताओं एवं कुल 19 रोचक कहानियों /लघुकथाओं का सम्मिश्रण है। यह लेखक का आठवां काव्य संग्रह भी है। पढ़ने में सिर्फ आनंददायक और रोचक ही नहीं , अपितु बेहद ज्ञानवर्धक भी है। धर्म, अध्यात्म, त्यौहार, राष्ट्रबोध, प्रकृति ,राजनीति तथा अनेक मानवीय भावनाओं को रेखांकित करते दोहे एवं अन्य मुक्तक इनमें शामिल हैं। प्रेम, आशा, उत्साह, शौर्य, करुणा, वात्सल्य, हास्य एवं अध्यात्म से ओत-प्रोत ये कविताएं एवं कहानियां मानव जीवन की एक नई व्याख्या प्रस्तुत करती हैं। भाव प्रवणता एवं सहज संप्रेषणीयता की विशिष्टता से विभूषित तथा जिंदगी के तमाम अनुभवों से भीगी हुई ये कविताएं एवं कहानियां आपको बरबस अपनी ओर आकृष्ट करती हैं।

सर्वविदित है कि दोहे स्वभावत: 'गागर में सागर ' होते हैं। साथ ही पुस्तक में मौजूद अन्य छोटी रचनाओं को पढ़ने के बाद संभव है आप स्वत: ही कह उठें कि रचनाएं ' देखन में छोटे लगें, भाव भरे गंभीर'। अन्य कविताएं एवं कहानियां भी विश्व कल्याणकारी भावनाओं से ओत-प्रोत हैं। यत्र-तत्र बिखरे दोहों और विशेषकर छोटी रचनाओं को बटोर कर एकत्र करना निस्संदेह समयसाध्य कार्य रहा है, किंतु कष्टसाध्य कत्तई नहीं।

अंततः मेरा मानना है कि आम जन की बोलचाल की भाषा में

लिखी गई सहज संप्रेषणीय कविताएं जन सामान्य की समझ में सरलता से आ जाती हैं और जनभाषा में रचना मेरी आदत भी बन गई है। तथापि इस दिशा में मेरे प्रयास की सफलता का निर्णय तो सुधी पाठकगण ही करेंगे। जय हिंद!

****

--राजेंद्र प्रसाद गुप्ता, लेखक।

ग्रंथ प्रथम दोहा रचूँ , सुमिरहुँ देव महेश
कृपा करहु माँ शारदे, होय सहाय गणेश।

भाग 1- दोहों का दोहरा शतक

1. प्रेम में अहंकार

प्रेम समर्पण शुद्ध है , अहंकार से दूर
जहां प्रेम में अहंकार, प्रेम आपसे दूर।

प्रेम प्रेम है, प्रेम बस, जगत प्रथम दस्तूर
जो चखि पाये प्रेम रस, जिए जीवन भरपूर।

अहंकार अरु प्रेम में, रहा सदा ही बैर
एकहि रहै,दूजा भगे,राखि शीश पर पैर।

संग अहं के प्रेम कहां,है नहीं अहं जहं प्रेम
प्रेम धरा अनमोल है, छाड़ि अहं कर प्रेम ।

हिय निवास है प्रेम का, अहं चित्त के संग
अंतस निर्मल आपका, रंगे प्रेम के रंग।

अहं आपसे दूर हो, चढ़े प्रेम का रंग
बिन प्रेम जीवन वृथा, रहें प्रेम के संग।

प्रेमी को पागल कहे, सो नर पागल होय
मतिविहीन बिनु प्रेम के,जीवन दूभर होय।

जीव विकल है प्रेम बिन, प्रेम जगत का सार
कष्ट सबहिं काफूर जब, संग प्रेम संसार।

आस प्रेम के संग है,करे निराशा दूर
अहंकार में प्रेम हो, परस्पर नामंजूर।

अहं 'कठफोड़ा' प्रेमतरु, प्रेम जुड़े संबंध
अहं प्रेम को दूर करि, शत्रुहिं करे एकत्र।
****

2. संबंध

हो सपूत जो पुण्य फल, सदा आपके पास
होहिं कपूत अभाग फल, जिनि राख्यो निज साथ।

मातु-पिता संबंध सुत, सबहीं जस प्रभु दीन
रहें सुखद सप्रेम सब, जब लगि स्वारथहीन।

धन-संपत्ति अपार हो, घर भी आलीशान
पूत संस्कारहीन जो, दुर्लभ है सम्मान।

साथी तो साथी हुआ, निशिदिन साथ निभाय
पति-पत्नी या मित्र हो, आस्था प्रेम बढ़ाय।

पति-पत्नी साथी भयो, आजीवन साथ निभाय
प्रेम-बिरह में सम रहे, धीरज कबहुं न जाय ।

मित्र निकट हो, दूर हो, भले बसे परदेश
सुख-दुख में बातें करें, मना होय संतोष ।

मित्र निभाए मित्रता, पति-पत्नी युग साथ
मातु-पिता-सुत प्रेम की, जग में नाहिं मिसाल।

धनहीन, ज्ञानी-गॅवार, जाति -धरम बे-अर्थ
मित्र, मित्र है, मित्र बस, बिन बाधा, बिन शर्त।

रूठे पति-पत्नी रहैं, मान-मनौव्वल होय
ना रूठें, चुपचुप रहें, नीरस जीवन होय।

स्वर्गहिं जो जोड़ी बनै, रस्म धरा पर होय
निभाय जो जीवन चले, मंगल-मंगल होय।
****

3. रोएगा मन

बालक भूखा फिरि रहा, मातु-पिता बेकार
रोएगा मन सोच कर, निर्दय यह संसार।

बेटे का पापा बना, जब मदिरा का दास
रोएगा मन मातुका, जीवन होय उदास।

नवां महीना पेट मा, आयो मां के लाल
रोएगा मन क्यों नहीं, छाड़ि चला बेहाल।

सात महीने पेट में, अंत रहा निर्जीव
रोएगा मन मातु का, हिली भवन की नींव।

औचक दोनों लड़ि पड़े, छूटा जीवन साथ
रोएगा मन उम्र भर, छोटी सी थी बात।

नेता चुने चुनाव में, मिला मान-सम्मान
अब रोएगा मन सदा, कारन भ्रष्टाचार।

जीवन तो बीता चला, कबहुं भजा ना राम
रोएगा मन जब कभी, याद करोगे राम।

खेल-कूद घर बैठिगा, हाथ तोड़ि दिन एक
रोएगा मन रोज़ ही, देखि-देखि किरकेट।

****

4. मन के धागे

मन तो अति चंचल भया, कबहुं थमे ना ठौर
मन के सूत, उलझे कुछ, सुलझें तो कुछ और ।

मन अति उच्छृंखल सदा, बेलगाम- सी दौड़
धावे, धावत गिरि पड़े, अंतर्मन ही ठौर ।

मन के धागे उलझि ज्यों , बुद्धि जाय चकराय
आभारी नर विवेकहु, पथ विचलन रुकि जाय।

मन के हारे हार है, मन के जीते जीत
मन के धागे उड़ि चलें, हार होय तब जीत।

मन की गति थिर राखियो, द्रुतगति चंचल होय
एकहि पल ब्रह्मांड चले, पल में वापस होय।

मनवा थिर जो ना रहै, मानव-मन बौराय
मन के धागे थिर रखो, सतत विवेक सुझाय।

भागे मन बिन रोक जो, मन ही रोक लगाय
हिय, विवेक एकरंग हो, देहि उपाय सुझाय।

****

5. जल की आस (एक दृश्य, सूखे का)

कबूतरी गमगीन है, बिन पानी सब सून
शांत उदास बैठि धरा, चिंतित तीनों जून।

चिड़िया दाना का चुगे, बिना बुझाए प्यास
चिंता चूजे की लगी, कहां उड़े आकाश!

नाच मोर का बंद है, छूटी जल की आस
बैठ नीम की डाल पर, खग ताके आकाश।

बिन पानी भोजन वृथा, चाहे जो पकवान
सूखि- सूखि धरती फटी , कृपा करहु भगवान!

झुलसे पौधे, बाग-वन, लागी हो जस आग
घाम तपे , बादर छिपे, नभ से बरसे आग।

पशु-पक्षी इंसान हो, चाहे कोई जीव
जल बिन सबहीं विकल, बिन पानी निर्जीव।

****

6. पर्व - त्यौहार

भल संस्कृति आदर्श अति, सब संबंधहिं पर्व
हर्षित सबके मन रहे, जीवन में आनंद।

एहि समाजहि रस भरे, विविध पर्व सब काल
धनि-गरीब सबहीं रुचै, भरि बजार गुलज़ार।

त्यौहारन के दिन गिनत, बीति जाय हर साल
इक आवत, इक जात है, गांव-शहर खुशहाल।

नित निज कर्महिं रत रहें, लक्ष्मी पूजन सोय
जले धर्म-ज्योति सर्वत्र, सो दीवाली होय।

करवा चौथ विशेष है, चौथ अधिक यह ख़ास
पति-पत्नी त्यौहार अस, बढ़हिं प्रेम हर मास।

****

7. भटकन

मन की भटकन रोकिए, पथ- विचलन सह भ्रांति।
मन जो अनुशासित रहे , बढ़े चित्त में शांति।।

निज मन जो थिर राखिए, हिय में होय उजास।
पथ-विचलन, भटकन रुके, होए बुद्धि-प्रकाश।।

मन हारे तो हार है , जीते मन तो जीत।
भटकन दूरहि राखिए, ख़ुद से करिए प्रीत।।

लोभ-मोह भटकाव है , खुद को राखें दूर।
जग भी है माया सकल, छल-प्रपंच भरपूर।।

चलें सुपथ हरि नाम ले, मंज़िल चाहे दूर।
कुमारग से बचे रहें, हिय की सुनें ज़रूर।।
****

8. 'बाबाओं' के वेश में

‘बाबाओं’ की भीड़ में, रंगे वस्त्र हज़ार
भक्त भीड़ मा दबि मरे, ‘बाबा’ भया फरार।

‘बाबा’ संग भीड़ देखि, बोलत सबहिं डराय
भीड़तंत्र जनतंत्र जस, देखि भीड़ घबराय।

शानदार सज्जा सहित, आश्रम आलीशान
आमदनी पूछे कौन, ‘वोट’ गिने सरकार।

थाना चुप देखै रहे, दल सगरौ बेकार
मुंह खोलत भय खात हैं, बेबस भइ सरकार।

‘बाबन’ सब मशहूर हैं, भारत देश विशाल
ठगै सरल इंसान हैं, धन-संपदा अपार।

कुछ ‘बाबा’ हैं जेल मा, कुछ बाहिर बेड़ाय
इन ‘बाबन’ के फेर मा, साधू-संत लजाय।

‘बाबाओं ’ के वेश में, घूमि रहे यमराज
सरल मना निश्छल जना, जब-तब होहिं शिकार।

धरम-करम के आड़ मा, खिला अंधविश्वास
'बाबाओं' की क्या कहें, भीड़ भेंड़ चलि हाँक।

सभी जन होते शिक्षित , *ठेला-पंचर पार
होत बुद्धि कछु बेहतर, बचते शत-शत प्राण।

****

*ठेला-पंचर = गरीबी रेखा

9. कोरोना-काल के दोहे

'कोरोना' रटता रहा, कहूं न घर मा दीख
ज्यों निकरौं घर बाहिरे, त्यों 'कोरोना' दीख।

'कोरोना' दूरे भला, जो कबहूं दिख जाय
'कोरोना' से मित्रता, जनम वृथा हुइ जाय।

'कोरोना' उछलो नहीं, चार दिनों की बात
तब तक अपने घर रहो, भूलि न लांघो द्वार।

सांच बराबर तप नहीं, झूठ बराबर पाप
घरा चुप्पै बैठि रहो, जाइ किरौना भाग।

प्रेम न बाड़ी ऊपजै, प्रेम न हाट बिकायए
'कोरोना' सबहीं सुलभ, जो चाहे लै जाय।

पोथी पढ़ि-पढ़ि जग मुआ, पंडित भया न कोय
'कोरोना' किच-किच पढ़ै, दिन भर 'बीजी' होय।

'घरबैठा'* के लाभ कुछ, चुप बैठे चोर डकैत
न तो कन्या-नारि दिखे, ना ही दिखे छिनैत।

पथ सूनो-सूनो दिखे, बैंक बाजार बंद
रुकी भागती जिंदगी, घर से सभी प्रबंध।

जो आराम हराम था, अब पूरो आराम
पूजा-पाठ होय रहा, सुबह-शाम हरि नाम।

प्रतिदिना दफ्तर-दुकान, बच्चे थे बेहाल
खेलहिं-कूदहिं, मौज अब, पिता भए बेहाल।

रोज़ाना की दौड़ में, रहे अधूरे काम
'घरबैठा'* आदेश से, निकरे घर के काम।

साफ़-सफ़ाई बढ़ गई, भजन-पाठ आराम
रामायण टी वी दिखे, घर भारत-संग्राम।

रोज़ कमाए-खाए जो, चिंता बड़ी सताय
प्रभु कुछ ऐसा कीजिए, 'कोरोना' मरि जाय।

*घरबैठा = 'लॉकडाउन' ।

****

10. दोहे /42

सुख-दुख आवत जात है , इक आए, इक जाय
नियम सनातन चलि रहा, काहे मन घबराय ।

सुख-दुख निशा-दिवा भयो, निशा बीत ही जाय
कारी जितनी रात हो, नई सुबह लै आय ।

आया है दुख जाएगा, यह जीवन की रीति
दुख के पीछे सुख चले, करिए उससे प्रीति।

सुख दुख में जो सम रहे, कभी न विचलित होय
मन धीरज साहस रखे, सभी काज शुभ होय।

कौन बिना दुख लोक में, चाहे दीन अमीर
सुख- दुख से संसार है, जाने ज्ञानी धीर।

दुख -सुख दोनों चक्र है, इक आवे, इक जाय
वक्त-वक्त की बात है, वक्त बुरा भी जाय ।

आपन दुख -चिंता बढ़े, औरहु देखन जाय
बहुतन से अब भी भलो, दुख -चिंता घटि जाय।

सुख जुड़ा संतोष संग, धन पर्वत जो होय
अति सर्वत्र वर्जयेत, अति जग भलो न होय।

तजि लोभ संतोष वरहु, जीवन सुखमय होय
यथा जरूरत देहि प्रभु, मन भरोस जो होय ।

विपदा के गुन बहुत है , श्रम संघर्ष सिखाय
हो दुश्मन या दोस्त हो, सहज परख हुइ जाय।

फल-बीज, मूल या वृक्ष, कब चाहें हों दूर
तोड़े सब संबंध समय, विधि के नियम अटूट।

विपदा में जो डटि रहे, खुद विपदा घबराए
मन जिनके धीरज रहा, दुख नियरे नहिं आए।

नर किससे दुखड़ा कहे, सबहीं ज्ञान सिखाय
प्रभु से जो मांगे मदद, सबहीं शुभ हुइ जाय।

कौन बड़ा, छोटा कौन, मुकम्मल हर इंसान
आज अमीरी फल रही, कल का किसको ज्ञान!

बुद्धिहीन निज की व्यथा, कासो कहे बताय
दुरजन सारे ठगि रहे, भल नर राह बताय।

उस नर की हम क्या कहें, जो चोरी की खाय
जीवन भर चोरी करे, अंत नरक में जाय ।

पेड़ चढ़न की बात सुन , भयो बुजुर्ग उदास
कहा बहुत पेड़न चढ़्यो, रहा ज़माना याद ।

धरि न हाथ पर हाथ नर, बैठ न विधि के आस
विधि- प्रदत बुधि, हाथ लै, जीवन करहु उजास।

पग-पग नर के चलन से, पगडंडी बनि जाय
बारंबार प्रयास करि, काज सरल हुई जाय ।

जीव-जंतु वन-बाग में, निज का करें प्रबंध
नर निजहिं जो श्रम करे, हो जीवन आनंद।

खाय-सोय दिन बीतिहो, रहा बहुत कुछ शेष
बिनु श्रम नर जीवन कठिन, करहु प्रयास विशेष।

भू पर मानव जनम है, जीवन- सुख संघर्ष
श्रम से जो भागि रहे, होए जीवन व्यर्थ।

प्रदूषित यह धरा भई, बाग-ताल सब नष्ट
हे नर! अबहूं चेति रह, जीवन होय प्रबंध।

बैठि- बैठि रोगी भयो, जीवन भयो निराश
श्रम-संघर्ष प्रकृति हुई, अबहूं करो उपाय।

अपनी चिंता खुद करो, आपहि करो उपाय
स्वयं स्वावलंबी बनो, सब चिंता मिटि जाय।

पैरन आप खाड़ि रहो, तजि औरन की आस
जेहि दिन लिहौ कम्मर कसि, मिटिहैं सब संताप।

काज कौन मुमकिन नहीं, जो नर करे प्रयास
आलसी जन बैठि रहे, करे भाग की आस।

विश्व वायु दूषित भई, जग रोगन के वास
रे नर ! अबहूं चेति रह, जीवन करहु सुवास।

सफाई चौदह ठांव कर , भीतर - बाहर दाँत
बत्तीसी की चमक अस, कबहूं नाहि पिरात।

मैल कान रखि बाहिरे , पानी राखि सुखाय
सुने-गुने भल कान से, कबहूं नाहि पिराय।

स्नान-ध्यान पहिले करो, पीछे खाय-कमाय
नित मन देह विमल रहे, आयुकाल बढ़ि जाय।

जग में मानव अति दुखी, कारन उपज हमार
प्लास्टिक संग धुम्रश्याम, धरा अवृक्ष उदास।

अभक्ष्य, अखाद्य जो मिले, रात-दिनहि जो खाय
काम क्रोध मद लोभ मिलि, हर्षित नियरे आय।

प्रभु दरस दुर्लभ दिखे , रखियो मन विश्वास
मन निर्मल शुभ कर्म जो, प्रभु आपके साथ ।

माया के इस जगत में, नर कितना लाचार
चकाचौंध सब देखि कै, दुविधा भई अपार।

आज-कालि हम करि रहे, संशय मनहि समाय
निश्चय मन ना करि सके, समय बीत ही जाए।

शक्ति, बुद्धि, विद्या सकल, विनु श्रम सब बेकार
बिनु प्रयास, बिन लगन के, स्वप्न सफल व्यापार।

चोर चतुर, चालाक अति, छिपै, बचे, बहु बार
भूल जाही दिवस करै, पहुंचे कारागार।

चैनल अति भल चलि रहै, चमकि-दमकि दिन-रात
बैठि पहर देखै रहो, वही कथा बहु बार।

अपराधी अपराध में, समझे मैं भगवान
अंतकाल जब फल चखे, याद करे भगवान।

अपराधी की क्रूरता, धन - संपदा अकूत
गोली संग खत्म भयो, जैसी थी करतूत।

तकनीकी तकनीक लखि, परिवारी हैरान
लिव-इन, समलिंगी चले, करि रिश्ते बेकाम।

****

11. दोहे/39

माया ठगिनी धरि रहे, नाना रूप समाज
मोह-उदधि डूबे रहे, लोकहिं जीव-जहाज़।

चहूं दिसि हिंसा-द्‌वेष जरि, भू जस अग्नि समान
धीरज, साहस, प्रेम सह, हुइहें चैन बहाल।

रे नर ! हिंसा-द्‌वेष बिनु, एहि जग स्वर्ग समान
मानव अबहू चेति जा, करहु प्रेम-रस पान।

इनका उनका देखकर, रूदन व्यर्थ बेकार
हर नर शुभ सोचे, करे, बने स्वर्ग संसार।

मानव यात्री जगत में, मिलें चलें सब साथ
मिलजुल यह जीवन कटे, अंत मिले सुखधाम।

माया ने यह जग रचा, जैसा प्रभु आदेश
सुख-दुख मिल दुनिया बनी, धैर्य प्रेम का देश।

है युग विशेष ज्ञान का, बढ़ी ज्ञान रफ्तार
सुख-साधन सब व्यर्थ है, हिंसा जब व्यापार।

जो ईश्वर को छाड़ि के, चाह सुखी संसार
नामुमकिन, असंभव भी, रचि माया संसार।

विपदा तो चहुं ओर है, जीवन है संघर्ष
औषधि प्रभु का नाम है, मिटते सारे दर्द।

भला करो प्रभु नाम ले, भला सभी कुछ होय
बिना अहं अरु लोभ-द्वेष, क्लेश न जीवन होय।

भला करे भल होत है, बुरा करे दुख होय
जीवन निष्कंटक बने, मना तोष जो होय।

चाहे जितना धाइ लो, लेहु बटोर पहाड़
रे नर! बिन संतोष के, दूर विजय का द्वार।

अच्छाई गुण भिन्न है, ईश्वर भी खुश होय
काजल की भी कोठरी, यहां बेअसर होय।

अच्छाई का गुन भला, अपनो रंग जमाय
लाख बुरा चाहें सभी, पार न कोई पाय।

ख़ुद ही हम अच्छे बनें, जग की चिंता छोड़
शुभ सभी हो जाएगा, यह दुनिया बेजोड़।

प्रभु ने मुख के संग ही, दे भेजा दो हाथ
श्रम की जो हम सोचते, क्यों होते बर्बाद?

दीनन की चिंता करे, सो अमीर कहलाय
अमीरी का क्या पता, आज रहे, कल जाय।

दर्प खड़ा निज द्वार पर, पहुंचे भीतर द्वार
विनम्रता प्रहरी खड़ा, पैठि न भीतर द्वार।

पढ़ि पोथी ज्ञानी भयो, जग मा कोटि हजार
जिन संतुष्ट अलोभ जन, तिन ज्ञानी मह जान।

आजीवन धायो रहो, साधन लियो जुटाय
राम-नाम अब रमि रहो, जीवन लेहु बनाय।

दया भाव हो राम जस, लछिमन सरिस कठोर
त्याग प्रेम हो भरत सम, शक्ति शत्रुघ्न सम घोर।

जीवन सदा अमोल था, हर युग रहा विशेष
जीवन सूत्र सदा रहे, प्रेम, गर्व, संतोष।

परम ब्रह्म छुटै रह्यो, आवत शोर मचाय
जावत कछु चिंता नहीं, परम आत्म मिलि जाय।

सोय- खाय जीवन घटो, जो जीवन दिन जाय
प्रभु कुछ ऐसा कीजिए, नाम अमर हुइ जाय।

हे नर! तूं निज कर्म कर, फल की ईच्छा नाहिं
जस कारज सुंदर करहिं, फल तस सुंदर पाहिं।

पोथी पढ़ि-पढ़ि जग जिया, सीख न पाया सीख
माया के नित फेर में, गयो समय सब बीत।

पोथी पढ़ि-पढ़ि जग मुआ, सीख न पाया सीख
ढाई आखर प्रेम था, 'ढाई' कबहुं न दीख ।

बोल बचन की भल कही, मीठे बोल सुहाय
लोभी मीठे वचन कहि, धन सगरो लइ जाय।

मीठी भाषा जग रुचे, सद्जन वाणी होय
कुटिल हृदय बोले मधू, अमृत हू विष होय।

मातु-पिता कुल हर्ष था, पठ्यो जग जब नाथ
जीवन सुख-दुख आपनो, अंत चार चलि साथ।

करु ज्ञानी संग दोस्ती, राखि न दुर्जन पास
सदा सुजन सत्संग शुभ, खलु विपदा के वास।

को सुजन, को दयामूर्ति, को पंडित अति गूढ़
वाणी, करनी कहि उठे, को गंवार मतिमूढ़।

काम, क्रोध, मद, लोभ सब, दूरे राखो भाय
हिंसा, ईर्ष्या, द्वेष हो, जीवन नरक बनाय।

हिय लागा जो ईश मा, मिथ्या जग-संसार
देह रखन कछु खात है, ईश भजन व्यापार।

बहुविधि बहुदिन चुकि गयो, दूर चित्त से शांति
करहु समर्पन ईश मह, तजि माया जग भ्रांति ।

बाग-वृक्ष-वन एहि धरा, विशिष्ट ईश उपहार
क्षिति जल पावक पवन नभ, अचरज अकथ अपार।

द्वंद्व दुखों का मूल है, जाना जो उस पार
द्वंद्वहीन जो सम रहे, मिले मोक्ष का द्वार।

मान-अमान, भला-बुरा, सभी द्वंद्व घनघोर
समभाव हर हाल रहें, बढ़ें ब्रह्म की ओर।

अंतस अपना शुद्ध हो, रामनिष्ठ जो होय
विगत मान-अपमान जो, जीव जितात्मा होय।

****

12. दोहे/32

प्रात भ्रमण सेहत सही, भागै रोग अनेक
बाग गांवन घटि रह्ये, शहरन बाग अनेक।

आप चलहिं पथ राह धरि, राह कहूं नहिं जात
राह दिखावत आपको, पौढ़ि धरा हरषात।

आयु चले, जीवन चले, जीवन बीतो जाय
भला न जीवन करि सके, बुरा दूर रखि भाय।

अति वर्जित सर्वत्र है, चाहे भोज लुभाय
रक्त मगन चूसहिं मशक, चपत लगे मरि जाय।

साथ जोड़ि युग पाणि हम, गुरुहिं नवाएं शीश
गुरुजन को प्रणाम कहि, लघुजन कहें आशीष।

धरा नमन हो प्रात उठि, भरिदिन हो उल्लास
नित हर्षित जीवन जिएं ,हर दिन बाढ़े आस।

भ्रमण करहि उद्यान प्रात, शुद्ध वायु करि पान
स्वस्थ सदा ही हम रहें, व्याधि न आवे पास।

वृक्ष खड़े चुप शांत मन, पा प्रकृति जल घाम
वायु, छांह, फल-फूल सब, सबहीं देहि समान।

दुर्घटना मग दुखद जब, नर पथ पड़ा अचेत
राही करहु उपाय कछु, कस विधि होय सचेत।

दुर्घटना पथ पर घटा, फोटू लियो बनाइ
पुण्य काज होता भला, लेते पुलिस बुलाइ।

धरा नमन करि प्रात उठि, नित्य कर्म करि शेष
सैर बाग की जो करै, मिटै रोग संग क्लेश।

कूड़ेदान जगह-जगह, रहे निर्मल उद्यान
जनधन से उद्यान बना, नासमझ अनजान।

नित प्रात के तीस मिनट, करें भ्रमण उद्यान
रक्तचाप साधे रहे, बचे हृदय आघात।

पंचायत हम क्यों करें, अभिमानी जन बीच
दीनन हित जो हो करें, नित सुमिरै जगदीश।

कोटि जीव पादप धरा, सब मिलि सृष्टी होय
सकल प्रकृति जगत में, सब उपयोगी होय।

कब काहे कस का भयो, सिर धुनि नर पछिताय
आगे-पीछे कर्म निज, चलत असूचित धाय।

जीवन औरन देखिकै, नाहक नर बौराय
समय जानि निज कर्म करि, जीवन लेहु बनाय।

श्रमिक प्रात उठि कर्म करि, हर दिन महल बनाय
रात श्रांत सोवत अचिंत, पुनः प्रात उठि धाय।

श्रमिक कमाय-खाय नित, जीवन दियो बिताय
घोर परिश्रम नित करे, हाथन नगर बसाय।

श्रमिक मजूरी नित करे, दुइ-दुइ महल बनाय
बने भवन एक स्वप्न में, दूजा रोटी लाय।

आप करहु कछु श्रमिक हित, जाहि श्रम सुख पाय
देहु मान दुइ हाथ को, जग निर्माण कराय।

भाषा अति बलवान है, बूझि- समुझि मुंह खोल
बोली दुश्मन मीत है, बिनु विचार जनि बोल।

नित उठि पूजा-पाठ करि, ईश दरस हिय होय
शुद्ध-स्वच्छ मन आपका, जग हित वृद्धि होय।

पगडंडी शुभ मितव्ययी, व्यायामहु संग होय
सब दिन घूमौ राजपथ, पग-पथ बिलगै होय।

गृहिणी गृहलक्ष्मी भली, निसिदिन घरा रखाय
भोजन जल अरु स्वच्छता, सबही धरम निभाय।

कबहूं श्रम चिंता बढ़े, बेबस माथ पिराय
कबहूं बैठी खाट पर, औचक नींद सताय।

रोटी कपड़ा जिंदगी, जरूरी एक मकान
बिन गृहिणी सब सून है, जितना हो धनवान।

भारी बस्ता पढ़ि रहा, खेल-कूद बदहाल
विद्यालय आबाद है, बचपन है बेहाल।

शादी भइ धनपुत्र की, कोटि-कोटि धन शेष
पिता मरा निज देश में, रहा पूत परदेस।

भाग्य भरोसे न रहे, हर दिन श्रम की खाय
विधि की रेखा हाथ में, विधि ही देत मिटाय।

हस्तरेख देखा करे, बैठि दुखी पछिताय
जे नर हाथन श्रम करे, रेखा बदली जाय।

कुदरत के हम साथ हों, जीवन हो भरपूर
तीस मिनट उद्यान में, रोग भगाए दूर।

****

13. दोहे /17

परछाई तो छांव है, जंह उजास तंह छांव
स्मृति हर पल साथ है, तम-प्रकाश हर ठांव।

पंचतत्व जग मूल है, पंचभूत से प्राण[8]
छिति, जल, नभ, पावक, पवन, करें सदा सम्मान।

कण-कण बिखरा ज्ञान है, ज्ञानी खोजे ज्ञान
ईर्ष्या के वश मूढ़ है, ढूंढे दोष अजान।

भूकंप, स्खलन, बाढ़ है, क्रोध कुदरती जान
माटी, पानी, वृक्ष नर, राखहुं साजि-सँभाल।

लादि-लादि पोथी चला, बचपन बोझिल मौन
मैकाले की दौड़ में, खेलकूद अब गौण।

श्रेणी की पूछे कौन, सौ में सौ की चाह
अपनी भाषा फेल है, मैकाले की वाह!

जो भल सोचा काज नर, ताहि करहुं तिहि काल
काज बुरा टाले रहो, रावण था बदहाल।

को कासो का कहि रहा, जनि नर कान लगाय
शुभाशुभ लक्षण बुझि मन, करहु काज चित लाय।

बुद्धिहीन नर भीड़ मा, मूरख आग लगाय
स्वयं समर्थ तो रोकिए, या जन लेहु बुलाय।

रात सोय प्रातः जगे, धरती करहु प्रणाम
भरि दिन भल सोचें करें, हर दिन होय ललाम।

जीवन में जो सुख मिला, कर प्रभु का आभार
दुख जो आया आज है, आज नहीं कल जाय।

माया के नित फेर में, नर पथ रहा भुलाय
सरल निश्छल जीवन जिए, सद्पथ सीधे जाय।

भू पर आइ रुदन कियो, जो छूटो निज धाम
आजीवन निर्मल जियो, हँसि पहुंचो पुनि धाम।

देखा मैं बाजार में, माया का व्यापार
देइ-पाइ दोनों हँसें, अनोखा यह संसार।

आलस के संग दोस्ती, घुन-सम नर को खाय
बाहिर नित ठाड़े रहे, समय पाइ घुसि आय।

किसके घर कब क्या हुआ, नाहक समय गंवाइ
समय सदा अनमोल है, जीवन लेहु बनाइ ।

आक्रांता के लूट हित, होते देश गुलाम
अब तकनीकी यंत्र हैं, जग है जिनका दास।

****

14. दोहे/10

देश बटा सुराज संग, बढ़ा धरम उन्माद
कट्टरता सर चढ़ि रही, मज़हब नाम फ़साद।

आज़ादी गमगीन थी, भयो देश दुइ फाड़
आज एहि पल चेति रह, हो न देश बर्बाद।

लोकतंत्र महिमा विचित्र, कड़े राज-आदेश
महल बेचकर रात में, बाबू चला विदेश।

गांव-देहातन भल कहि, सबहिं सबै पहिचान
नगर-शहर की न कह्यो, आसपास अनजान। {{

जून महीना अति विकट, भीड़ वैद्य घर जाय
जेठ-आषाढ़ करि विदा, सावन लेहु बुलाए ।

जवानी भर सोए रहे, सपनों में बर्बाद
बुढ़ापे में क्या बचा, नून तेल बस याद।

चंद्र मंगल ढूंढि रहो, निज धरती बिलगाइ
धरा सुधारो आपनो, मानुष लेहु बचाइ।

उधारी है भीख जान, भरसक लेहु बचाय
अपनों के मन कष्ट है, दुनिया हंसी उड़ाय।

दुश्मन दुरै राखियो, कबहुं न पहुंचे द्वार
तैयारी पूरो रहै, पहुंचे जबहीं द्वार ।

दुर्जन से दूरी भली, स्वागत करो सुजान
हीरा मोती चुनि रखो, धूरि गुबार उड़ाय।
****

15. कुछ और दोहे

महंगाई सुरसा बनी, निसिदिन बढ़ती जाय
जनता या सरकार हो , सबही देत रुलाय ।

महंगाई की का कहें, बेलगाम बढ़ि जाय
हाकिम हो, सरकार हो, सबही धता बताय।

नेता डूबा लोभ मा, निज परिवार रखाय
देश नरक डूबे भले, लो सरकार बचाय।

रात जगे किस काम का, नींद न हो भरपूर
सूरज जागे ना जगे ,सुबह सुनहरी दूर।

माया की इस भीड़ में, शांति कठिन है, दूर
साधु अडिग जो लक्ष पर, मिले शांति भरपूर।

जितनी माया निकट है, उतने ही प्रभु दूर
कर्मरत निष्काम रहें, कम हों प्रभु से दूर।

करहु काज संसार मा, रखि जनहित मन भाय
अपनी चिंता ईश की, नाहक मन घबराय।

बतकही भल लोक संग, धन चिंता मन माहि
करे कर्म निष्काम जो, सब चिंता मिटि जाहि।

वृक्ष बाग वन प्राण हैं, खाद्य सुरभि जल जीव
फल पुष्पन की खान हैं,विश्व प्रकृति की नींव।

*प्राण प्राण भवमूल है, आपहिं राखौ ध्यान
वायु प्रदूषित बचि रहो, होहिं सबै ख़ुशहाल।

*प्राण = 1. श्वास, 2. जीवन।

पंचभूत जग सृष्टि है, पंचभूत ब्रह्मांड
*प्राण प्राण के प्राण है, बचहु करहु सम्मान।

*प्राण= 1.वायु, 2. जीवन, 3. ऊर्जा।

जीना अब तक स्वजन हित, जग हित जीवन नाहिं
जीवन जो जग हित रहे , दुहू लोक भल होहिं।

धरती सगरी बांटि कै, नभ पर नज़र गड़ाय
मानव तेरो लोभ लखि, सरि पर्वत बौराय।

धरा गगन नापै रहो, विपिन पहाड़ उजारि
अविवेकी जस करम नर, अग्नि बाढ़ भव त्राहि।

गिरि-कानन सब सून करि, अबहूं नाहिं अघाय*
अंतरिक्ष निःशुल्क है, पहुंचे निशि दिन धाय।
*अघाय = संतुष्ट हुए
****

भाग 2 - क्षणिकाएं

16. क्षणिकाएं -1

धन-अन्न की कमी न हो
माँ लक्ष्मी की कृपा अपार
हो!
बेघर, कोई भूखा न रहे
माता का हर घर वास हो!

17. क्षणिकाएं -2

रोगी को देख डॉक्टर बड़ा खुश था
कहा, ऑपरेशन तो बहुत जरूरी है।
सोचा, ठीक तो वैसे भी हो जाता, पर
नर्सिंग होम बनाने की मजबूरी है ।

शंकित के मन में चिंता अंकित हो गई
पैसे जेब में रखा, मंदिर में नहीं चढ़ाया।
सोचा, भगवान से वेतन वृद्धि मांगी तो है
पर सेठ का क्या? बढ़ाया, नहीं बढ़ाया।

पत्नी बोली, "मास्टर जी! इनको अंग्रेजी सिखला दो,
भारत में रहकर भी अंग्रेजी पढ़ नहीं पाते हैं ।
खोखे पर साफ़ लिखा रहता है, फिर भी ये
मूंछों पर 'फेयरनेस' क्रीम लगाते हैं।"

लीपा-पोती कर चुके, नकल किये तुम खूब,
अब पछताए होत क्या, पढ़ो जेल में खूब !

****

18. क्षणिकाएं -3

सर्दी से हम परेशान, मौसम क्यों इतना ठंडा है !
जवान डटे सियाचिन में, नज़र सिर्फ दुश्मन पर है।

नेताजी आए, कंबल बंटवाए ,पीछे मीडिया लगी रही
आम आदमी भीड़ में कुचला, कैमरे ने आंख मूंद ली।

किसी ज़माने में कुछ गाड़ियां
'लेफ्ट हैंड ड्राइव' हुआ करती थीं,
पर 'वन हैंड ड्राइव' कत्तई नहीं थीं।
अब तो तमाम गाड़ियां 'वन हैंड ड्राइव' हो चली हैं,
सेल फोन को क्या कहें! शुक्रिया कहें या न कहें?

पीड़ा से अनंत कविता उपजी
पीड़ा के अति ऋणी हैं हम ।
पर पीड़ा का प्रतिकार भी हो
अन्याय मौन क्यों सहें भी हम?

क्या कुछ नहीं भुला दिया मैंने तेरी दीवानगी में
शुक्र है कि गीत तेरा, अब भी मुझे याद रहा ।
****

19. क्षणिकाएं -4

कौन कहता है मैं भला न था, या बुरा था ज्यादा
मैं तो महज़ इंसान था, न ज़्यादा न कम रहा।

कौन कहता है मैं वफ़ादार था, कम था या ज़्यादा
मैं तो महज़ इंसान था, ताजिंदगी बना रहा ।

जो मिला नहीं, ग़म है उसका, जो मिला है वो भी कम नहीं
आगे तो और फतह होगी, जज़्बा हममें कम भी नहीं।

राजनीति ने रोटी सेंकी, नेताओं के रिश्ते चमके
प्रतिभा, उद्‌यम हैं निराश, अकारण ही सज़ा भुगतते।
****

20. क्षणिकाएं -5

वे रोने की सिर्फ वजह ढूंढते हैं ।
हर काम में पहले कमी खोजते हैं।
जब भी हंसने का होता है मौका,
मुंह बंद रखते हैं,आंख भी मुंदते हैं।

चुप रहा तो दिन अच्छा गुज़रा ,
मुंह खोला तो गृहयुद्‌ध छिड़ गया।
न जाने क्या कुछ हुआ इधर ,
कि सबका धैर्य जवाब दे गया।

अंततः सत्य की ही जीत होती है ।
निश्छल ही अटल होता है ।
प्रभु उसका साथ देता है ।
वह उसके संग होता है ।
सत्य मात्र सत्य है ।
निश्छल प्रकृति है ।

तेरी 'यादों ' ने सारी रात
जगाने की कोशिश तो बहुत की
पर तेरे ही ' सपनों 'ने आकर
सुलाया मुझको ।

****

21. क्षणिकाएं -6

महाभारत और रामायण सुन्दरतम शिक्षा देते हैं ।
अभिमान के वृक्ष मात्र विनाश -पुष्प -फल देते हैं ।

भारत के सिवा रामायण कहां,
किस देश में है महाभारत ?
विपदा में जो उनको दिखाते,
साहस के संग धीरज बंधाते।
जो मुस्करा कर कष्ट सारे ,
देशवासी भूल जाते ।

सरकारें तो बहुत हैं,हुईं न कोई पास ।
किसानों-मजदूरों की टूट रही है आस।
असली फिर कोई गांधी होगा ।
विनोबा- जे पी का साथी होगा ।
जो फिर इनके आंसू पोछेगा।
इनका भी देश अपना होगा।

नमस्ते होता रहा अंग्रेजी, मेरे फोन पर सुबहो-शाम
ज़माना गुज़र गया लेकिन, दोस्त कभी रूबरू न हुआ।
****

22. क्षणिकाएं -7

हौआ है तो हौआ को भगाने की कवायद भी हो,
सिर्फ घबरा कर घर में छिपने से कुछ नहीं होगा ।

वज़न कम नहीं हुआ, दिल का ख़तरा बढ़ गया,
सोचूं अब मूंछें कुतर दूं, शायद कुछ वज़न घटे।

तब्दीली भी ज़िंदगी की हक़ीक़त है, ज़िंदगी भी है,
मगर बदलते ज़माने के ग़म भी कम नहीं कोई।

शांति इतनी कि मेरी ख़ुद की सांसें भी सुनाई देती हैं,
मन में हलचल किसी आते हुए तूफ़ान का आग़ाज़ तो नहीं?

प्रभु ने कहा तूं कर्म कर, फलाफल है विधि हाथ।
प्रभु-इच्छा जो भी करे, भला उसी में तात!

साथी विपदा हू भली,जो थोरे दिन होय ।
बच्चन सगरो जुटि रहे,सब सहयोगी होय।
****

23. क्षणिकाएं -8

कहां सब 'पॉजिटिव' होने की बात करते थे
अब 'पॉजिटिव' का नाम सुन होश उड़ जाते थे।
सामाजिक मेल-मिलाप की बात हुआ करती थी
अब वही सामाजिक दूरी पर जोर दिया करते थे।
' किरौना' के *घरबैठा ने ऐसा पलटा जमाने को
शादी-बाजार बंद हुए, सब राम-नाम जपते थे।
*घर बैठा = लॉकडाउन।
****
सब छोड़ कर चले गए, परछाई देखती रही
उसने कहा चलते रहो, मैं तुम्हारे साथ हूं।
****

पेट में यूक्रेनी युद्‌ध छिड़ गया
भला हो 'मशरूम मसाला चिली' का
मॉल में जाना बंद हो गया।
****

सीखा न सबक बड़बोलों ने, जयचंदी अब भी हावी है
गनीमत है हम हैं लोकतंत्र, चीन या पाकिस्तान नहीं हैं।
****

24. क्षणिकाएं -9

मैंने भी शीशे का महल बनाया
ताकि शीशे पर पत्थर ना फेंकूं
बिन शीशे फिर नाराज़ बहुत थे
जमकर महल पर पत्थर फेंके।

पासपोर्ट 'कोरोना' ले आया, पैन कार्ड ने दान दे दिया
राशन कार्ड का मान बढ़ा, कहा सरकार को शुक्रिया!

आह से उपजा सुंदर गान, विधि का देखें कैसा विधान
आंसू से निकले मुस्कान, कवि-कविता का यह कमाल।

शहद व नींबू सुबह-सुबह, तुलसी पत्ते मैं खाता
टहल पास के उद्यानों में, नीम के पात चबाता।
तुम करते पान धुएं का, फिर खाते पान मसाला
मुंह में कैंसर आ बैठा, हो गया गड़बड़ झाला।
****

25. क्षणिकाएं -10

देश का भाग्य

बंदूकों की पिचकारियां बिक रही हैं
अब हिंसा भी प्रेम सिखाने लगी है।
मरकर भी माफिया पुनः जी उठा है
भ्रष्टाचारी की आज सभा हो रही है।
अरबों की लूट रिवाज़ बन चुका है
भ्रष्ट नेता भी सम्मानित हो रहा है।

****

प्रभु कृपा

प्रभु कृपा या प्रभु की इच्छा, कौन बड़ी ,कौन है छोटी?
दोनों निसृत प्रभु से हैं, दोनों से ही है जीवन बनता।
अच्छा हुआ, कृपा प्रभु की, बुरा हुआ जो उसकी इच्छा।
बुरा आपके हित में होता, जीवन जिससे और निखरता।
जीवन में आती है दृढ़ता, होती उसकी कठिन परीक्षा।
न कोई बड़ी, न कोई छोटी, कर्मों का बस लेखा-जोखा।
समदर्शी है ईश सर्वहित, समभाव सभी की रक्षा करता।
निष्काम भाव हम कर्म करें, कृपा बनेगी उसकी इच्छा।

****

26. क्षणिकाएं -11

बुलडोजर
कहीं ज़मीन या घर पर कब्जा, कहीं बंदूकों का व्यापार
कहीं वसूली माफियागिरी, छीना-झपटी या बलात्कार
बढ़ा निर्वाध जब अत्याचार, सर्वत्र मच गया हाहाकार
'त्राहि-त्राहि ' से रक्षा हेतु , हुआ बुलडोजर का अवतार।

ढेरों फिर उद्योग चल पड़े, बढ़ा बुलडोजरों का निर्माण
अपराधी का काम तमाम हुआ, रहे न हिंसा के घर-द्वार
लौटी शांति हर गांव-शहर, हुआ राह चलना आसान
बह चली विकासी हवा तेज, बाबा बुलडोजर नमस्कार!

****

हरियाली
पौधों के पात पीत, सूखे-सूखे, बिल्कुल मुझे पसंद नहीं हैं
काट-छांट करता ही रहता मैं, कि हरियाली उसकी बनी रहे
सच ही रहना है हरा-भरा जो, सूखे-पीले खुद के जीवन को
कर लें कुछ चिंता कुदरत की, संग में महफूज रहें खुद भी।

****

27. क्षणिकाएं -12

बर्बादी के बाद
हंगामा है क्यों फैला इतना, सब कुछ समझाने के बाद
चलो ये ख़ुद ही समझेंगे, पर अपनी बर्बादी के बाद!

मैंने तो माफ़ किया इनको, झूठ ही मुझे झूठा कहने के बाद
सब कुछ सामने आ ही जाएगा, पर इनकी बर्बादी के बाद!

मैं करता रहा आगाह, संभल जाओ, चलो जमाने के साथ
माने नहीं आखिर, अब क्या समझेंगे बर्बादी के बाद!
****

गृहिणी
देखो तो संसार है क्या , रोटी , कपड़ा और मकान
फिर गृहिणी का काम है क्या, रोटी, कपड़ा और मकान
साफ-सफाई , धोना-धाना, भोजन के सारे ही इंतजाम
फिर जीवन की धुरी है जो, उस गृहिणी का हो पूर्ण सम्मान।
****

28. क्षणिकाएं -13

माँ

बरसों बीते चली गई तुम, अब भी आंखें नम करती हो।
कहां बसी माँ !, कैसी हो तुम, सपने में क्यों न आती हो?

बांग्ला रूपांतरण

माँ

अनेक बच्छर होए गेलो, चोख नम एखुनि करो।
माँ ! केमन, कोथा आछो? स्वप्ने आमार आसे ना केनो!

****

नर -नारी सब धनी दरिद्र, सभी मानव सब हों समान
विविध विचारों के युग में, मात्र भेदभाव अभिशाप।
सब समझें सबको समान, धरा हो सुंदर से सुंदरतर
विविधता में हो परिवर्तन, मिटे निकृष्ट मानव अंतर।
विविध रूप अतर्क्य संसार, बहुरूपे! तुमको नमस्कार।

****

29. क्षणिकाएं -14

याद
रिमझिम रिमझिम यह वर्षा, हवा की यह ठंडी फुहार
आंदोलित हो रहा पत्ता-पत्ता, बह रही पुरवाई की बयार
पथ सूने- सूने दीख रहे, निज-निज गृह को सब रहे भाग
मेरी पलकें भी बोझिल हैं, तड़प रहे हैं बाहुपाश
यह त्रिविध पवन तन छेद रहा, बना रहा उन्मत्त मुझे
ये अधर चाहते मधुर सुधा, भर गई है मस्ती रग-रग में
खोया-खोया सब कुछ है,केवल याद उसी की है
वह भी ऐसे न हो बेहाल, चाह यही प्रकृति से है।

****

गुलाब का वो फूल
गुलाब का वो फूल अरबों का हुआ करता था
मुझे तो मोहब्बत में निशुल्क मिला करता था।
गुलाब का वो फूल हर वर्ष मिला करता था
अब कोई गुलाब किसी साल कहां मिलता है !
अब गुलाब तो नहीं, उसकी सुगंध दिल में है
और संग सुगंध के, उनकी यादें भी बस गई हैं।

****

30. क्षणिकाएं -15

देश भक्ति
देश भक्ति देश में जाग उठी है, उत्साहित है
है जोश भयंकर ,नव गर्जन है, राष्ट्र सबल है
भय से बेहद ग्रस्त रिपु, थर-थर कंपित है
जन गण प्रसन्न है आह्लादित, राष्ट्र- विजय है
सेना को है जहां जरूरत,सारा ही देश खड़ा है
जवानों के हित, तन-मन-धन तैयार खड़ा है।
****

आग और धुआं
कभी आग थी, धुआं भी था, आग बिन धुआं कहां
फिर आग न धुआं रहा, सब हो गया धुआं-धुआं।

आग थी तो ताप था, उजास था, प्रकाश था
अब आग की दरकार थी, ठंड बेशुमार थी
बर्फीला था तूफान जब, सर्दी भी थी डरा रही
तब आग का पता न था, न ही कहीं धुआं दिखा
यूं न जाने क्या हुआ, सब हो गया धुआं-धुआं।
****

31. क्षणिकाएं -16

आना किसी का
आशा की किरणें फूट रहीं ,यत्र- तत्र सर्वत्र आज।
कोना-कोना है चमक उठा, आगत भविष्य को सोच आज।
अंतर्वीणा के तारों में, कैसी यह है झंकार आज?
उठ रहा मौन तारों में कैसा, बार-बार तूफान आज?
कैसे बंद हो गई आंखें, उस जागरूक प्रहरी की?
प्रवेश कर रही कोई, साड़ी पहन रश्मियों की?
मेरे अंतर पर अधिकार, और शोर करना मुश्किल !
ओह! मौन कैसा यह स्वागत ! शोर मचाना भी मुश्किल !
****

वार्डरोब मॉलफंक्शन
अजब-गजब की फैशनबाजी, परियों की कुछ फिल्मीस्तानी
मॉडलिंग की दुनिया में भी, सुनी गई एक मधुर कहानी।
आयोजन उस दिन फिल्मी था,शोर मगर कुछ मचा हुआ था
जैसे आया भूचाल कोई था, कपड़ा कोई नीचे खिसका था।
वार्डरोब मॉलफंक्शन कहते हैं, मुझको तो यह पता नहीं था।
****

32. क्षणिकाएं -17

बुढ़ापा
खुद को संभालू या डॉक्टर को देखूं
बुढ़ापा भी भगवन ये कैसा भंवर है!
पृथ्वी के दोस्तों का क्या करूं मैं
इंद्रियों का पहरा शिथिल जब हुआ है।
पूंजी राम नाम की बची मेरे पास है
भरोसे उसके ही तरने की आस है।
मुझे अब न रोको, न शेष कोई चाह है
बुला लो प्रभु पास, विनती ये ख़ास है।
****

रोगी का बटुआ
मौसमी बीमारियों से घर भर गया
अनचाही दवाओं का पहरा बढ़ा।
डॉक्टर की लाइन तिज़ोरी की चाबी
शहीद सिर्फ रोगी का बटुआ हुआ!
****

33. क्षणिकाएं -18

सागर का जल
उदधि असीम जलपुंज का स्वामी
पर सागर का जल कौन है पीता?
सब नदियों का ले मीठा जल भी
वारिधि का नीर खारा ही रहता।
अंतस की पीड़ा पाकर पछताता
लहरों पर है हाहाकार मचाता।
देखें दीपक में प्रभु माया ऐसी
जल रहा चिराग, पर तले अंधेरा।
****

शाम
एक है जीवन की सांझ, दूजा है कुदरत की शाम
एक सिक्के के पहलू दो, रंग दिखे दोनों ही लाल।
परम से आत्म, आत्म से परम, होने न होने की बात
क्या भोर और क्या है शाम, दोनों ही हैं एक समान।
****

34. क्षणिकाएं -19

आज़ादी का पर्व

तिथि स्वतंत्रता की आई, आज़ादी का पर्व मनाना है
गुजरात से बंगदेश तक, भारत का गान सुनाना है।
लेह लद्दाख से तमिल भूमि तक, तिरंगा फहराना है
गंगा जमुना से कावेरी तक, हिंद का जोश दिखाना है।

सजग हमारी सेना हर क्षण, दुश्मन थर-थर कांप रहा
छोटी आंखों वाला चीन, बिल में छिपकर झांक रहा।
अब इस धोखेबाज़ देश को, छल का सबक सिखाना है
आजादी की है तिथि आई, स्वतंत्रता दिवस मनाना है।

****

ज़िम्मेदारी

वह कौन जो जगे देर तक, फिर सबसे पहले जग भी जाए
गृहस्वामी या स्वामिनी कैसी,ज़िम्मेदारी का बोझ झटक दे।
जागे जो नित सुबह बाद, और सो भी जाए सबसे पहले
बेहतर कौन जो देखे सपने,या जाग्रत जग में नित कर्म करे?

****

35. क्षणिकाएं -20

भार भविष्य का

भार भविष्य के स्वप्निल सुख का
आगत भविष्य की आस किरन का
दृश्य अंधियारी में दीपशिखा सम
असहय ताप में शीत छांव सम
परछाई जस जो भारहीन है..........

वर्तमान संघर्ष मनुज का
अति कठोर फौलादी जीवन का
उसे सहारा सदा भविष्य का
सुनहरे सुखदाई सपनों का
परछाई जस जो भारहीन है..............

आज उस कल के साथ खड़ा है।
****

36. क्षणिकाएं -21

इंसान

एक तरफ बाज़ार स्वप्न के
ऊंचे - ऊंचे महल बने हैं।
घी-दूध की नदी बह रही
सपने सारे खूब बिके हैं।
चकाचौंध की बड़ी आबादी
इंसान मगर इक्के-दुक्के हैं।

दूर कहीं बेबसी लाचारी
मगर मिला जो उसमें खुश हैं।
सब के सुख-दुख में शामिल
और सभी हिलमिल रहते हैं।
इंसानों की यह सुंदर बस्ती
नाउम्मीदी के उस पार कहीं है।
****

37. क्षणिकाएं -22

सौन्दर्य

सौंदर्य--
प्रतिछाया ब्रह्मांड की, संचालक भी
सर्वस्व में समाहित
अवांछित स्पर्श किंतु......सुखद अवलोकन हित।

सौंदर्य--
अनंत असीम, गहराई अकथ्य
शिव दृष्टि वांछित
सौंदर्य मापन हित।

सौंदर्य--
अटल सत्य रूप जो, सत्य भी स्वयं ही
भिन्न रंग,रूपावृत्त
आवद्ध आवरण सम
हर हाल किंतु एक ही
दृश्य कण-कण में।
****

38. क्षणिकाएं -23

जिंदगी (2) .

यही जिंदगी है......
प्रभु की बनाई माया की खेती
पौधे का उगना
फलना और फूलना
गिरना और सूख जाना।
दौड़ना, थकना, थक कर रुक जाना,
मिलना-बिछड़ना, आना और जाना।
शून्य से निकल कर, फिर
उसमें ही मिल जाना......
जीवन यही है, यही जिंदगी है।
****

39. क्षणिकाएं -24

पीड़ा-1

पाठक कह उठता है ' बहुत खूब!'
दुख-दर्द, आह की पढ़कर कविता।
अनजान कवि की उस पीड़ा से
जिससे पीड़ित वह लिखता कविता।
****

पीड़ा-2

अर्ध सुंदरी, तेज़ाब से जलकर,
घायल जीवन की कितनी पीड़ा।
बेदर्द ज़हां , ज़ालिम है ज़माना,
तभी समाज ख़ुद पीड़ित रहता।
****

40. क्षणिकाएं -25

फायर

अपराधी की कभी हिमायत में, पांच सौ की भीड़ जुटी थी।
मौका पाकर एक समय अचानक मुझको घेर लिया ।
हवा में मैंने फायर झोंका ,भीड़ से खुद को बचा लिया ।
सौभाग्य एक दिन पहले ही ,सब गोली की जांच हुई थी ,
मौके पर जो काम आ गई, और मेरी थी जान बच गई ।
थानेवाले सब मिले हुए थे, मुंह उनके थे लटक गए।

हाँ, नहीं भूला जाता, आज वो मंज़र जो भी था।
पहली बार चली थी गोली, जीवन में था पहला!
****

41. क्षणिकाएं -26

लेटी रहीं दरवाजे पर ख़्वाहिशें बेहिसाब
इंतजार में एक लंबा वक़्त गुज़र गया।
मगर जरूरतों का रहा घर में दबदबा इतना
कि ख़्वाहिशों को कभी अंदर आने न दिया।
कोशिश तो ख़्वाहिशों ने बहुत की लेकिन
जरूरतों का चीखना,चिल्लाना सहा न गया।
जरूरतों का ही फिर रहा कब्ज़ा मुस्तक़िल
अच्छा हुआ घर ख़्वाहिशों के हवाले न हुआ।
****

कविता

भरा पेट है लिखता कविता
भूखे पेट की ज्वाला लिखता।
भूखा पेट तो खुद है कविता
वह क्या कैसी कविता लिखता!
क्या होता भूखा पेट न होता?
दुनिया में दुख दर्द न होता ?
हो जाती क्या कविता बेरोजगार?
घट जाती क्या उसकी औकात?
होगा क्या सही जवाब सवाल का?
काश कि मिलता उत्तर इसका !
****

42. क्षणिकाएं -27

जा रहे हैं जिधर मंजिल ही नहीं है ।
मंजिल का सच में पता भी नहीं है!
सिवा भटकन के सफ़र कुछ नहीं है
पर उम्मीद के बल जिए जा रहे हैं,
कुछ उम्मीद है जो जिलाए हुए है।

43. क्षणिकाएं -28

पौधे

***

पौधे थे छोटे, बड़े हो गए
कुछ हैं पहले से बढ़े हुए
अति प्रिय ये पौधे मुझको
करता जिनकी देखरेख मैं
ये पौधे मुझको याद करेंगे
जब जग में मैं कहीं न हुंगा
मैं भी उनको याद करुँगा
जब कहीं धरा पर मैं न हुंगा।

44. क्षणिकाएं -29

विषाणु

******

कृमि-कीट,सरीसृप, नभचर, जलचर, वनचर सारे
समस्याहीन धरा पर सदा ही संग-संग रहे हमारे।
किसी विषाणु को कुदरत ने कभी भी यहाँ न भेजा
खुद इंसानों का ही है करा-धरा यह खेल-तमाशा।

****

468• सोना-सोना (Gold & Sleep)

सोने की दरकार न होती, सोना ही 'गर सोना होता ।
दुनिया सोना-सोना होती, बिन सोए जो जीवन होता।
सोने में 'लेट' हो जाता है जो, नींद रूठ जाती है क्यों?
भूल सभी सोना-चाँदी तब,लेट-लेट हम पछताते क्यों?
प्रभु सोना-सोना बहुत हुआ, नींद सहज हमको दे दो।
सोने की बस दरकार मुझे, सोना सारा प्रभु तुम ले लो।

****

45. क्षणिकाएं -30

415• फूल और कांटे

कुदरत ने बनाया फूलों को, उसने उनमें कांटे जाया।
फूलों से कौन अकड़ता है,कांटों से कौन उलझता है?
फूल सुगंध बिखेरता है, कांटा उसकी रक्षा करता है ।
सुमन सुरभि फैलाता है, कांटा चुप साथ निभाता है ।
सौंदर्य सुमन की गरिमा है, प्रभु-चरणों से भी नाता है।
जब पुष्प प्यार बांटते हैं तो कांटे भी मगन हो जाते हैं।
फूल और कांटों की मैत्री,कुदरत कुछ हमें सिखाती है।
****

382• कविता हँसी-हँसी में

कविता कुछ ऐसी हो, जन की कम जो समझ में आए ।
जब अग्रिम पंक्ति में बैठे अति प्रबुद्धजन सिर को हिलाएं,
उपस्थित सारी जनता भी तब , ताली पीटे, सीटी बजाए।
या कविता जो समझ में आए,उठें,चलें,बस भाग ही जाएं।
****

46. क्षणिकाएं -31

137·<u>रैली</u>

लखनऊ आने की चाहत तो थी लेकिन,
किराए की कमी सदा आड़े आती रही ।
यह तो खुदा का शुक्र कहिये कि
पार्टी की ऐतिहासिक रैली हो गई ।
रेल का सफर आसान हो गया,
सारी रेलगाड़ी जनता की हो गई ।
जी भरकर लखनऊ शहर घूम लिया,
कहीं किराए की जरूरत ही न रही।

****

47. क्षणिकाएं -32

<u>273• मेला</u>

आना भी होगा,जाना भी होगा,
आना और जाना,लगा ही रहेगा ।
प्रलय से पहले धरा खाली नहीं होगी ।
मेला चलता रहेगा ।

हम रहें,नहीं रहें,
जिसका वक़्त है जबतक,
वह पृथ्वी पर रहेगा ।
आया जिस कारण है,
वह कर्म भी करेगा ।
मेला चलता रहेगा ।

जाने वाला तो जाएगा ही,
स्वजनों को रुलाएगा भी,
पर आनेवाला आएगा भी,
कोई तो रहेगा ।
मेला चलता रहेगा ।

48. क्षणिकाएं -33

•पकौड़े नहीं मैं पकौड़ी बनाती हूं।
छोटी-सी पूंजी है,ठेला लगाती हूं।
धन्यवाद सरकार का,'जनधन' से गदगद हुई।
सोचती थी क्या करूं, अब मैं रोजगारी बनी।
नौकरी का क्या रहा,रही-रही फिर नहीं रही।
सरकार की मंशा भली, नौकरी-विपदा टली।

हार-जीत

******

चुकंदर ने कुछ गज़ब किया
गालों पर लाली ला ही दिया
मदिरा पर मुझको पीती रही
और सुरा एक दिन जीत गई!
कुछ खाते-खाते बने रहे,
कुछ पीते-पीते चले गए!

****

49. क्षणिकाएं -34

674• मुस्कान

खिली-खिली, मुस्कान खिली
चली-चली,किस गली चली ?
सीधे अंतस्तल से निकली
अधरों पर फिर फैल गई ।
चपला की तेजी से आगे
दो तरफ़ कपोलों पर पसरी।
मुस्कान खुशी की परम सखि
संग उसके सदा खुशी ठहरी ।
तन को पूर्ण प्रफुल्लित करती
मन में आ जाती सहज खुशी।
वो क्या जानें मुस्कान है क्या
रुदन जिनका नित गान रहा।
दुख के ही साथी रहे हमेशा
हँसने से कभी नाता न रहा ।

50. क्षणिकाएं -35

बाबूजी को सायकिल प्रिय थी,और तो कोई साधन न था
आगे-पीछे मैं भी बैठा, मज़ा जहाज से कम भी नहीं था
मैंने भी सायकिल खूब चलाई, बाद नौकरी, प्रथम पढ़ाई
विद्यालय से युनिवर्सिटी तक, दफ्तर भी गई और आई
दुनिया **लम्हा दर लम्हा** बदली,आगे मोटरसायकिल आई
बेटे की विक्की,स्कूटी बेटी की,एक से बढ़कर एक सवारी
शुरू हुई जब सदी इक्कीस, मोटर का तब मन हो आया
भले मारुति देर से पहुँची, था मज़ा बहुत पर उसमें आया
बच्चों को गाड़ी बड़ी पसंद थी,उनने अपनी इच्छा पूरी की
बड़ी-सी गाड़ी अब घर में आई, खुशी मनाई, बँटी मिठाई
इंसानों के इच्छा-रथ पर, नित बैठ विकास आता रहता है
तभी आज वह मेट्रो-सेट्रो और जहाज़ में घूम रहा है।
****

51. क्षणिकाएं -36

546• लम्हा दर लम्हा

पाँच पुश्तों की कथा-कहानी,परदादा से पोता और नाती
उन्नीस से इक्कीस सदी, कब घोड़ा , कब बैलों की गाड़ी
तीन सदी में आना - जाना, **लम्हा दर लम्हा** बदला था
पदयात्रा या नदी-नाव थी, यह परदादा से पहले भी था
परदादा का कुछ पता नहीं, दादा-दादी से कभी न पूछा
दादा जी घोड़ा रखते थे पर, गाँव-हाट आना-जाना था
बैलों की या गाड़ी भैंसों की,ऊंटों की भी थी तेज़ सवारी
माल-असबाब की करें ढुलाई, या घूमें अपनी रिश्तेदारी।

52. क्षणिकाएं -37

179• बच्चे

बच्चे बिल्कुल गंगा की तरह जबतक ये बच्चे हैं सच ही ।
सच ही सच्चे हैं मन इनके जबतक न इन्हें बहकाए कोई।
आंखें हैं इनकी न्याय भरी, कपट-छद्म का नाम नहीं ।
जीवन पूरा भोला इनका, दुनिया से कोई काम नहीं ।
इनकी वाणी रस-सुधा भरी, कोकिल भी शरमा जाये।
शिशुओं का सत्संग मधुर,कवि खुशी से पागल हो जाए।
दया है इनमें जन्मजात, धनी बहुत हैं ये मन के।
कभी रहते न बिना प्रयास किए,जब दुख देखें ये गैरों के।
पवित्र, सरल,न्यायी,निश्छल, यदि होना है जीवन में,
निश्चय ही हम शिक्षा ले लें, इन नन्हों के ही जीवन से।
****

53. क्षणिकाएं -38

नया ज़माना

नया ज़माना, नए फायदे, फेसबुक, ट्विटर ,व्हाट्सएप है
काम से फुर्सत नहीं किसी को, आलस्य में दुनिया डूबी है
इधर है दुनिया खेल में उलझी, उधर विदेशी लूट रहे हैं
अलादीन के नए चिराग से, मालामाल अवश्य अमरीका है।

तीन सौ पैंसठ बरस में रद्दी कागज़,
और एक लेखनी मेरी।
सुबह-सवेरे घंटे आधे, बस इतनी-
सी कविता मेरी।

54. क्षणिकाएं -39

एक बार उठता है पर्दा,
एक बार अंतिम गिरता है ।
आदि-अंत के मध्य सतत्,
नाटक ज़ारी ही रहता है ।

55. क्षणिकाएं -40

झंझावात तो सदा रहेंगे इस बहुरंगी दुनिया में
संघर्षों की है दुनिया अंतिम क्षण तक जीवन में
संघर्षों, झंझावातों से निशिदिन सदा निबटना
है उनपर ही निर्भर इस जीवन का लेना-देना
संघर्षों का स्वागत ही जीवन का चरम विकास
संघर्षों से कतराना है मानव जीवन का ह्रास।

घड़ा
****
घट याद दिलाता उस कुम्हार का
जिसने जग-जीवन सृजन किया ।
वह जादू की मिट्टी याद दिलाता
जिसमें जड़-जंगम जीवन पलता।
उस मिट्टी का यह प्रतिरूप घड़ा
जिस माटी में जग का है मिलना।

56. क्षणिकाएं -41

सर्दी

***

फेंको कपड़े, जल्दी नहाओ,सर्दी आने वाली है।
युरोप से चलकर आई ठंडी, द्वार पर बैठी है ।
ओढ़ो खटिया, तकिया के खोल में अंदर जाओ।
रजांई तो कब की छत पर बैठी धूप सेंक रही है।

****

#इन्कम टैक्स

****

तीन तो साथ रहे आजीवन
यादें, परछाई, इन्कम- टैक्स
परछाई आजीवन साथ चली
स्मृतियाँ भी हर पल डटी रहीं
और इन्कम-टैक्स की रही खूब
अधिकारी आया मरने के बाद !

57. क्षणिकाएं -42

भली महिला

बड़ी भली महिला हैं मैडम चिड़चिड़ी शांतमना
सदा ही अपने 'उनको' 'आप' कह बुलाती हैं ।
'तुम ' को सुरक्षित रखती हैं विवादों के लिए,
तब यह चुनिंदा अपशब्दों का उपसर्ग होता है।

58. क्षणिकाएं -43

<u>562• राधा-कृष्ण</u>

राधा का अति प्रेम प्रबल
जल-थल-नभ मँह श्याम दिखे हैं
पलक बंद तो हिय अंतस में
खुले नेत्र तो मुरलीधर गैयन संग हैं
प्रेम-मग्न राधा यमुना-तट
यमुना-जल भीतर भी कृष्ण दिखे हैं
राधारानी तो प्रेम-दीवानी
तन-मन-हिय सब प्रभु को अर्पण है।
****

59. क्षणिकाएं -44

299• **साहसी**

'असंभव ' में ही 'संभव ' शव्द छिपा होता है।
साहसी के शब्दकोश में 'असंभव' नहीं होता है।
साहस के समक्ष कुछ असंभव कहां होता है !
वह असंभव को भी संभव करके दिखा देता है।
सेना विशाल होती है, वुद्धि संख्या में नहीं होती है।
शक्ति भी संख्या में कहां?,सिर्फ भुजानिष्ठ होती है।
हार उसकी होती है जो युद्ध से पुर्व डरा होता है।
साहसी एक बार मरता है,कायर बार-बार मरता है।
**********जय हिंद,जय जवान ************

60. क्षणिकाएं -45

247 • सुबह

तरु-शाखाओं पर चहक-चहक
चिड़िया प्रातः कुछ बोल रही।
मधु-मिश्री-सा मधुर-मधुर स्वर,
कानों में कुछ रस घोल रही।
उठें आप अब सुबह हो गई।
दौड़ आज की शुरू हो गई।

कर्णप्रिय प्रातः,मधु सम शुभ स्वर!
इन बिहगों के आभारी हैं हम।
जगते हम खगकुल-सरगम संग
जगश्रष्टा-करुणा के ऋणी भी हम।

****

61. क्षणिकाएं -46

मेसेंजर

****

मेसेंजर वाकई बड़े काम का है,सब दुआ-सलाम होता है।
वे सुबह नमस्ते कहते हैं,फिर शुभरात्रि संग शयन होता है।
कोई पहले दिन पता पूछता है,फिर विडियो काल होता है।
फिर शांति से ब्लाक करना उन्हें, सरलतम उपाय होता है।
卐卐卐卐卐卐卐卐卐卐卐卐卐卐卐卐卐卐卐卐

62. क्षणिकाएं -47

<u>207• उड़ान</u>

प्रचंड धूप,अनगिन बादल,
चमक रहे रूई-सम।
रूपहले मानो कपास-वृक्ष,
उन वृक्षों के रजत-बाग,
बागों के बादल-समुद्र।

ऊपर देदीप्यमान सूरज,
नीचे रेत के रेगिस्तान,
फैले-पसरे विस्तृत-विशाल ।
उनमें ही बसे हुए
कुछ नगर और गाँव ।

मस्कट की धरती-आसमान,
उड़ता ऊपर वायुयान ।
नापता गगन--
बॉहें फैलाए वायुयान।

*************************राजेंद्र प्रसाद गुप्ता,

63. क्षणिकाएं -48

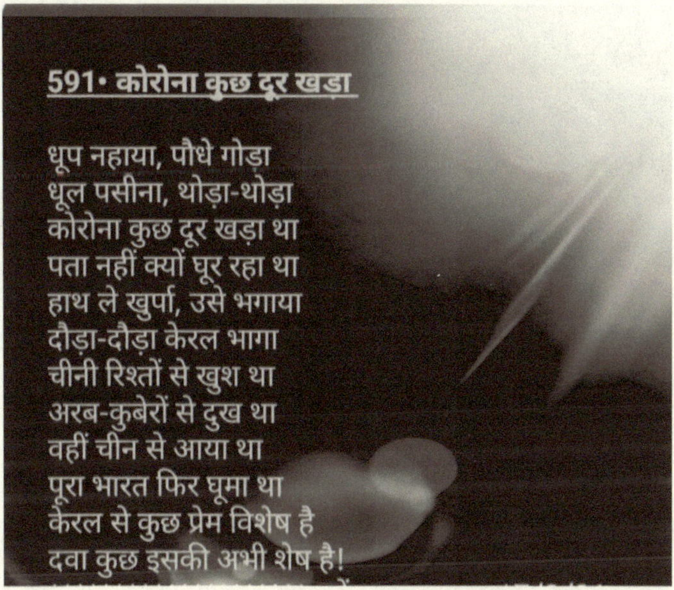
591• कोरोना कुछ दूर खड़ा
धूप नहाया, पौधे गोड़ा
धूल पसीना, थोड़ा-थोड़ा
कोरोना कुछ दूर खड़ा था
पता नहीं क्यों घूर रहा था
हाथ ले खुर्पा, उसे भगाया
दौड़ा-दौड़ा केरल भागा
चीनी रिश्तों से खुश था
अरब-कुबेरों से दुख था
वहीं चीन से आया था
पूरा भारत फिर घूमा था
केरल से कुछ प्रेम विशेष है
दवा कुछ इसकी अभी शेष है!

64. क्षणिकाएं -49

153.गरीबी

गरीबी महापाप है,अशिक्षा अभिशाप है।
न वस्त्र मिल पाते हैं,न ईद मन पाती है।
और बेरोजगार कर, घर से भगा लाती है।
भूख फिर दहशत बन,डाकू बन जाती है।
छिपा मुंह, भगोड़ा, बेखौफ गुनहगार बन,
शांत मन, बिना रंज, फांसी चढ़ जाती है।
गरीबी से जंग लड़ें,आओ हम ठान लें।
ज्ञान को फैलायें हम, गरीबी मिटायें हम।
****************************राजेन्द्र प्रसाद गुप्ता,

65. क्षणिकाएं -50

बुढ़ापा
*****
समय बदलता है,वही युग वापस आ जाता है।
बुढ़ापे के संग कहीं तो बचपन फिर आता है।
बेंच पुरानी कार, सायकिल चलने लगती है।
अंडरवियर अब गया, जांघिया बाहर आता है।
जमाने का लूजर स्वेटर, फिर पहना जाता है।
खेल-खिलौना बच्चों के संग फिर हो जाता है।
****

408· नई जिंदगी की तलाश

जिंदगी जन्म से मृत्यु तक,संघर्ष, चुनौती, त्याग है ।
संघर्षों का स्वागत ही, जीवन का चरम विकास है ।
किसी चुनौती से कतराना मानव-जीवन का ह्रास है ।
सही सुना है आपने, जिंदगी जिंदादिली का नाम है ।
खुशी मुझे तो हरदिन ही, नई जिंदगी की तलाश है ।
****

सपनों का बाजार

सपनों का बाजार लगा है, दुनिया में कोहराम मचा है।
व्यापार अनवरत जारी है, क्रय-विक्रय धुआंधार लगा है।
किसने बेचा कितने सपने, कौन खरीद पाया कितना ?
लेखा-जोखा रखने को, विद्वानों का अंबार लगा है।
****

66. क्षणिकाएं -51

<u>466• नीलकंठ</u>

नीलकंठ बैठ दो वृक्ष के ऊपर
प्रेम दिवस का स्वागत करते।
प्रेममग्न कुछ बात कर रहे
आना बसंत का सूचित करते।

इन विहगों के शुभ दर्शन हित
कुदरत के अति आभारी हम।
खगकुलश्रेष्ठ इन जीवों से भी
काश! बात कुछ कर पाते हम!

67. क्षणिकाएं -52

<u>193•जय जवान ,जय किसान</u>

है सेना तो हम भी हैं, देश जवानों से है।
है किसान तो हम भी हैं,देश किसानों से है।

भारत के जब वीर सपूत हैं प्रहरी सीमा पर।
अमन-चैन देश में है,राष्ट्र विकास के पथ पर।

जयजवान,जयकिसान,शास्त्रीजी को याद करें।
चाहे जो हम कहें-करें,इनका हम सम्मान करें ।

****

68. क्षणिकाएं -53

570 (2)• भगवन! दिनभर चूल्हा-चौकी

कभी करेला, कभी तो लौकी,
दिनभर भगवन् चूल्हा-चौकी।
कभी तो कपड़े, कभी सफाई,
फिर गेट भी देखो, बाई आई।

भोजन बनकर बाट जोहता
खाने की फुर्सत नहीं किसीको।
बुरा हो भगवन् मोबाइल का
दिन भर बांधे रखता सबको।

श्रीमान मेरे कविता करते हैं,
और दूर ही दुनिया से रहते हैं।
अगले जनम कुछ ऐसा हो प्रभु !
ये हों गृहिणी, मैं बनूँ कवयित्री।
****************************राजेंद्र प्रसाद गुप्ता,
मौलिक,स्वरचित,03/07/2021•

69. क्षणिकाएं -54

माँ-बाप के चक्कर काट लो,
दुनिया की सैर हो जाए।
माँ-बाप की बात मान लो,
तो जिंदगी संवर जाए।

__वानर__

वानर नर-नगरी में धावें
वन-उपवन में वृक्ष घटे।
काश! शहर में बढ़ें वृक्ष
फल पेड़ों पर खूब लगे।
रोटी हों पीपल के पत्ते
नर-वानर सब सुखी रहें!
****************राजेंद्र प्रसाद गुप्ता,18/03/22•

70. क्षणिकाएं -55

670• उद्यान दृश्य

सुन चिड़ियों की चीं-चीं, चुट-चुट संगीत
सब पुष्पों से ले मकरंदित,मदमय सुगंध।
करता आंदोलित नव पीपल हरित पात
प्रातः प्रवहित, प्रमुदित, शुभ, मंद पवन।
झूमें चहुँदिशि विशाल सब हरित वृक्ष
अति सुखकर आनंदित उद्यान-दृश्य।
खुशियों की निधि, हे सहचरी प्रकृति !
प्रातः स्वीकारो मेरा शुभ अभिनंदन!!
****
--राजेंद्र प्रसाद गुप्ता,मौलिक/स्वरचित,28/04/2022•

71. क्षणिकाएं -56

669• रुकावटें

विपत्तियाँ आती रहीं, बेचैनियाँ बढ़ती रहीं
चुनौतियां ज़िद्दी अड़ीं, समक्ष मेरे डट गईं।
बात एक अच्छी हुई, कमर जो मैंने कसी
आत्मविश्वासी अस्त्र ले,मेरी भी जो ठन गई।

आपदाएं घबरा उठीं, यूँ राह रोके थीं खड़ी
जब चली न एक भी,खुद ही वे पथ से हटीं।
दृढनिश्चयी आप हैं, जज़्बा भी है मर मिटें
आपदाएं फिर कहाँ? रुकावटें टिकती नहीं ।
****
--राजेंद्र प्रसाद गुप्ता,मौलिक/स्वरचित,28/04/2022•

72. क्षणिकाएं -57

<u>664• हिन्दी</u>

ये सरकारी जो स्कूल हुए
अधिकारी जो चलवाते हैं
उनके जो सारे शिक्षक हैं
शिक्षक जो वहां पढ़ाते हैं
उनसे तो पूछें आप कभी
अपने बच्चे कहाँ पढ़ाते हैं!

मैकाले ने चलाई अंग्रेजी
अंग्रेजी की हो गई प्रतिष्ठा
चौराहे पर बैठी रोती हिन्दी
रोजी-रोटी का चक्कर ऐसा।
**********************राजेंद्र प्रसाद गुप्ता,1/4/22•

73. क्षणिकाएं -58

206. पोते की छुट्टी

पोते की छुट्टी थी,विद्यालय से ।
मेरी भी छुट्टी थी,पहले ही से ।
उसे सुबह खेती सिखलाए ।
रसोई का उद्यान दिखाए ।
दोनों मिलकर धनिया बोए।
खेती के कुछ गुर सिखलाए।
लान में अमरूद पका था ।
टपका एक तो मैं घबराया ।
दौड़ा-भागा ,उसे बचाया ।
बचा रहा सिर,प्रभु की माया।
हो गई खेती, मज़ा आ गया ।
आगे का प्रोग्राम बन गया ।
छुट्टी किसकी थी?,पोते की।
मेरी तो छुट्टी पहले से थी।

************************राजेंद्र प्रसाद गुप्ता
रचना,21/7/19

74. क्षणिकाएं -59

351• तितली (2)

जो रात पेड़ पर सोयी तितली
सुबह-सवेरे वहां नहीं थी।
निकल गई फिर काम पर अपने
उड़ेगी दिन भर इधर-उधर।

रात में आ फिर सो जाएगी
सुबह-सुबह फिर उठ भागेगी।
पहुंचेगी फिर काम पर अपने
डोलेगी डालों पर इधर-उधर।
************************राजेंद्र प्रसाद गुप्ता,
23/08/2020•

75. क्षणिकाएं -60

चंचल मन सरिता तट निसृत
हिरण्याक्षी हिय उठे हिलोर।
स्वप्न कुमार के उर तरंग संग
करे प्रेम काव्य नव निर्मित।

76. क्षणिकाएं -61

721/1. फुटपाथ

सही समझे हम हिंदुस्तानी हैं , सदुपयोग में माहिर हैं
हर वस्तु का हो सदुपयोग, जतन सदा करते रहते हैं
देखें कितनी सजी दुकानें, सड़क किनारे जो फुटपाथ हैं
कभी तो रेहड़ी, ठेलागाड़ी, कभी नारियल, फ्रूट जूस है
जन-धन का यह सदुपयोग, पैदल चलने से बेहतर है
फिर देखें चौरस्ते और तिराहे, कितने सुंदर सजे हुए हैं
पान मसाले या सिगरेट, हर नुक्कड़ पर सर्वसुलभ हैं
चाहे ट्रैफिक जाम लग रहा या होतीं दुर्घटनाएं छोटी
नहीं है कोई नई बात यह, सदुपयोग तो होता ऐसे ही।

****

77. क्षणिकाएं -62

762. हिचकी

बेघर, बेसुध, बियाबान में
मैंने क्या सोचा था !
लुट गया सारा ?
बचा नहीं कोई मेरा ?
झूठ---------------
अभी तो हिचकी आई
जरूर कोई है कहीं
अब भी बचा हुआ मेरा ।

78. क्षणिकाएं -63

दवा खाकर गोलियां गिनता हूँ,
कि दवा अभी खाई या नहीं।
निकट की स्मृति मायके गई है,
दूर की अभी भी मेरे पास है ।
वानप्रस्थी अभी जो चल रही है,
ये सब लगते उसीके ठाठ हैं।

79. क्षणिकाएं -64

<u>ट्रैफिक</u>

कैसे बाइक दौड़ रही है
एक हाथ से चलती है
एक हाथ में फोन पड़ा है
दूजा हाथ हैंडल पर है।

हेलमेट के भी क्या कहने
कोई बैठा पीछे पकड़ा है
या टंगा हुआ हैंडल पर है
या तो पीछे पड़ा हुआ है।

80. क्षणिकाएं -65

<u>264• वृक्ष</u>

वनस्थली गृहद्वार पर खुद के लगाए वृक्ष हैं ।
अशोक वृक्ष-समूह है,फल-पुष्प के भी वृक्ष हैं ।
सुंदर सुरभि बिखेरते, शुभ गंध-वायु-पूर्ण हैं ।
जब आइये,जब जाइये,स्वागत में तत्पर वृक्ष हैं।
****

81. क्षणिकाएं -66

<u>99• माँ का दूध</u>

माँ का दूध बहुत गुणकारी
शिशु का बल व बुद्धि बढ़ाए।
मृदुल, ममतामय माँ का दूध
मन में साहस प्यार जगाए।
शिशु खेले, दौड़े हिरनों की तरह
हो निर्भय, प्रसन्न मुस्काए।
बन अपार बल-बुद्धि का स्वामी
राष्ट्र को सबल बनाए ।
बन भारत-जननी का सेवक
देश की शान बढ़ाए।
****

---राजेंद्र प्रसाद गुप्ता,मौलिक/स्वरचित,05/06/1983•

82. क्षणिकाएं -67

कुदरत
******

मानव ने बहुतेरे पाप किए, कुदरत को बदहाल किया।

तब वह बेहद नाराज हुई,जग में उसका प्रतिशोध दिखा।

बंध गया मुखौटा सबके मुंह, खुली हवा दुश्वार हो गई ।

घुमना-फिरना मुहाल हुआ, घरबैठे की सौगात मिल गई।

83. क्षणिकाएं -68

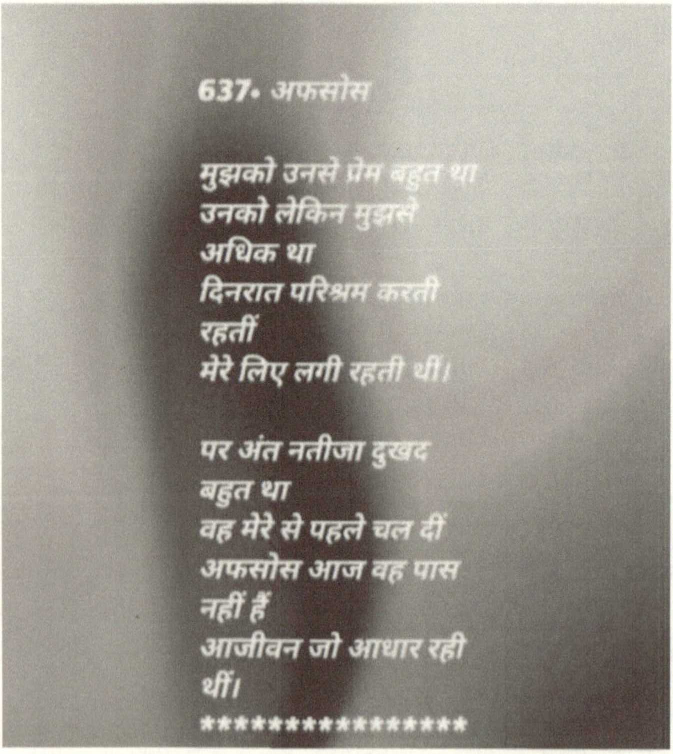
637. अफसोस

मुझको उनसे प्रेम बहुत था
उनको लेकिन मुझसे
अधिक था
दिनरात परिश्रम करती
रहतीं
मेरे लिए लगी रहती थीं।

पर अंत नतीजा दुखद
बहुत था
वह मेरे से पहले चल दीं
अफसोस आज वह पास
नहीं हैं
आजीवन जो आधार रही
थीं।
****

84. क्षणिकाएं -69

289• उम्मीद (2)

बचपन में ही सुना था
दरवाजे पर हाथ-पैर धोने से
हाथ से पानी का लोटा छूट जाने से
मेहमान दौड़े चले आते हैं ,
और-
मुंडेर पर कागा बोलता है
तब तो शर्तिया ही ऐसी
उम्मीद बंध जाती है ।

पर आज के हालात तो यह सब
झूठा साबित करने पर तुले हैं
उम्मीद की ये मीठी गोलियां
न जाने धीरे-धीरे
कहाँ गायब हो रही हैं!
****

85. क्षणिकाएं -70

221• <u>छोटा परिवार</u>

अगर चाहते राष्ट्रोत्थान,घर में हों बस दो संतान।
अपनाएं छोटा परिवार,सुनहरा हो भावी संसार ।
बेटे हों या बेटी हों, बस उनका खूब दुलार हो ।
लालन-पालन अच्छा हो ,शिक्षा पर पूरा ध्यान हो।
संस्कृति का पाठ पढ़ायें,नारी का सम्मान सिखायें।
हर परिवार सबल बने, और देश की शान हो ।
हो जवान या हो किसान,चिंता का कोई बोझ न हो।
छोटा हो परिवार हमारा, और सुखी संसार हो ।

****

-------राजेंद्र प्रसाद गुप्ता (रचना,21/6/83)•

--------*सविनय सभी भारतवासियों के लिए* ••

======+++++======++++++

86. क्षणिकाएं -71

232• <u>पुष्प और मानव</u>

इन पुष्पों ने हँसना और
हँसाना ही सिखलाया।
पर मानव-जीवन पर क्यों
हँसी है इनको आई?
कांटों में भी ये खुश रहते,
पर कांटों से दुखी मनुष्य,
फिर क्यों मानव-जीवन से
इनको ईर्ष्या हो आई?
****

87. क्षणिकाएं -72

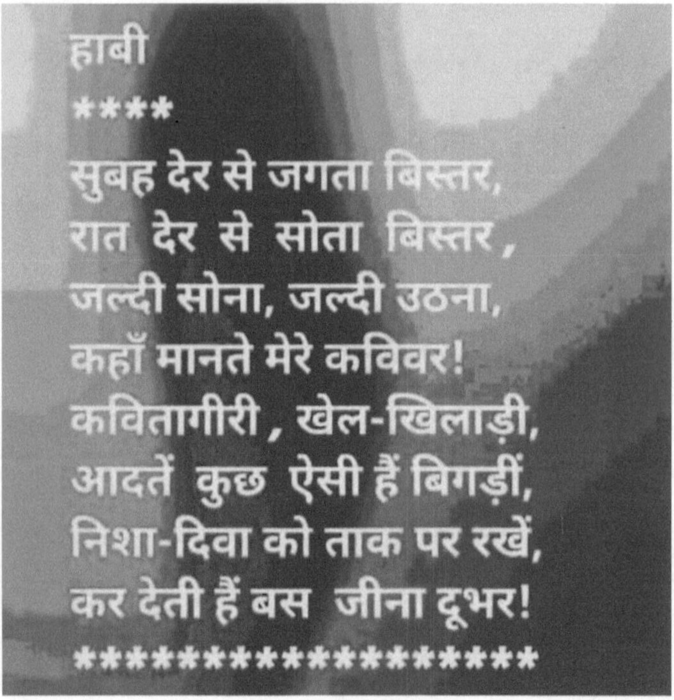
हाबी
****
सुबह देर से जगता बिस्तर,
रात देर से सोता बिस्तर,
जल्दी सोना, जल्दी उठना,
कहाँ मानते मेरे कविवर!
कवितागीरी, खेल-खिलाड़ी,
आदतें कुछ ऐसी हैं बिगड़ीं,
निशा-दिवा को ताक पर रखें,
कर देती हैं बस जीना दूभर!
****

88. क्षणिकाएं -73

शरीफ़

*****

कभी न मारा मच्छर मैंने
शरीफ़ हमेशा बना रहा
रात अंधेरे कत्ल किया
पकड गया तो जग चौंका!

89. क्षणिकाएं -74

सबसे ऊपर बैठी चिड़िया
फुनगी पर बेहद शांत भाव।
भार है हल्का, पंख स्वस्थ हैं
जब चाहे अपनाए आकाश।

कविता बाजी

बागवानी और कविताबाजी, दो आदतें मेरी पुरानी
कवि तो मैं कभी न था, कविता लेकिन थी दीवानी।
न मैं छपा ,न मंच पर गाया, कंठहीन, बेढब,अज्ञानी
कविता मेरी पढ़ें तो जानें ,कविताओं की मेरी कहानी।
****

90. क्षणिकाएं -75

पुष्प सदा ही हँसते रहते, हँसना हमें सिखाते
परोपकार की बात बताते,सहर्ष सुगंध फैलाते
भांति-भांति के रूप-रंग से मन सबके हरषाते
कुदरत की अनमोल निधि,कांटों संग खुश रहते
चाहे जीवन जितना छोटा,खुश हो उसे बिताते
****

दादा-दादी 546

शतायु दादी झाड़ू दे लेती, घर में थोड़ा टहल भी लेती
बच्चों को भी मज़े कराती, कथा-कहानी खूब सुनाती
दादी की थी वह सदी सुनहरी, बच्चे हरदम थे घेरे रहते
दादा जी नित काम में रहते, मिर्चे खाते और डाँट पिलाते
दादा को कभी भूतों ने घेरा, घोड़ा संग था, बात रात की
कितनी सच्ची, कितना झूठा, मुझे सुनाई मगर कहानी

91. क्षणिकाएं -76

<u>उम्र (2)</u>

बैंक बाबू अब दादा कहने लगे हैं
वृद्धाएं भी 'अंकल' बुलाने लगी हैं।
उम्र के इस पड़ाव के कहने ही क्या?
जिंदगी का यह मोड़ मजेदार है।
बड़ा कोई उत्सव लगता निकट है
मौसम तभी इस क़दर खुशगवार है।

92. क्षणिकाएं -77

#मुहावरा
******

सौ ख़ून माफ थे अबतक
नियम जल्द ही बदलेगा।
गंगा तो बहती ही रहेगी
हाथ धोना मुश्किल होगा।
भारत जब बदल रहा है
मुहावरा भी बदलेगा ।
****

93. क्षणिकाएं -78

399• आंसू

गम में भी न छलके आंसू,ऐसा तो कहाँ होता है।
फिर भी जो पी जाते आंसू, वे लोग बहादुर हैं ।
अभिनेता हैं काबिल,जो आंसू भी छिपा लेते हैं।
एक जादू है नाम उनके कि वे हंसी ओढ़ लेते हैं।
आंसुओं की जो बारिश है , हंसी भी खजाना है।
दोनों के ही नाम दर्ज कुछ, आँधी और तूफां हैं।
गम और खुशी की पुस्तक में,जहाँ की दास्ताँ है।
दोनों के नाम रोज़ ही, इतिहास लिखा जाता है।
हंसने की हसरत तो, हमेशा रहेगी जिंदगी भर।
आँखों का नम होना भी,कुदरत का करिश्मा है।
****

94. क्षणिकाएं -79

मूंछें

कभी मूछों की धमकी मिलती थी
तुम्हारी मूंछ मुड़वा कर छोड़ेंगे।
ज़रूरत अब धमकी की नहीं रही
अब हम खुद ही मुड़ाते रहते हैं ।

कभी मूंछें जिन्हें पसंद नहीं थीं
कुछ जंगल-जंगल जस लगते थे।
अब वे तारिकाएं अति प्रसन्न
इरादे तो बस साफ-सफाई के थे।
****

95. क्षणिकाएं -80

शहर और गाँव

****

शहरों ने धन तो बहुत दिया
सेहत समाज की घटी मगर।
मिलजुल सबहीं चलते साथ
कुछ सीख गाँव से लेते हम।
कौन पड़ोस में सोया है भूखा
उनके हित कुछ करते हम

****

96. क्षणिकाएं -81

इच्छाओं का अतिरेक,
आकंठ डूब जाना
ख़्वाहिशों के दलदल में,
कदाचित ठीक नहीं;
रोकता है, रोड़ा है,
बंधमुक्त होने में,
स्वच्छंद मुक्त होने से।

नर न गुमान करो तूं मन में
कब क्या हो, अनजान हो तुम
मेहनत की खाओ, भला करो
पृथ्वी पर खुद मेहमान हो तुम।
****

97. क्षणिकाएं -82

चीटी

****

बड़ी चीटियां मारी फिरतीं
इधर-उधर की दौड़ लगातीं
दाने को मोहताज दीखतीं।
छोटी डिब्बों पर पहरा देतीं
अवसर पा छापेमारी करतीं
झटपट भीतर घुस जातीं।

****

98. क्षणिकाएं -83

साहित्य का समुद्र अपार है
जलधि है जिसकी थाह नहीं।
साहित्य समुद्र में बूंद मात्र मैं
इतनी है मुझ पर कृपा रही।
स्वयं साहित्य-सागर मैं समझूं
ऐसी रही न कोई चाह मेरी।

99. क्षणिकाएं -84

793. समय

सूरज-चंदा समय चुराते, काम हमें ना करने देते
झटपट रात अंधेरा लाते, खा-पी जल्दी हमें सुलाते।
कहते कुदरत सबके लिए,लाती पल-पल परिवर्तन है
समयचक्र सर्वहित है, अनियंत्रित श्रम भी वर्जित है।
जो मिला समय वह रहा तुम्हारा, शेष रहा न तेरा है
विश्राम परिश्रम का जीवन, कालखंड में बटा हुआ है।
समय भिन्न, उद्देश्य भिन्न है, प्रकृति मनुज हितार्थी है
सदुपयोग होना अच्छा है,समय आपका निश्चित है।
****

100. क्षणिकाएं -85

398• हंसना-रोना

हंसने के तराने होंगे तो, रोने के भी गाने हैं।
दुनिया में आते हैं हम, तो रो कर ही बताते हैं।
हंसने के साथ देखो, हंसता कैसे ये जमाना है!
रोते हुए को देख फिर,कैसे करते सब किनारा हैं!
सेहत के लिए अच्छा है, हंसना ही जिंदगी में ।
नम भी होती हैं आँखें, खुशियों में, मोहब्बत में।
रो-रो हाल बुरा होता है,यह दिल की दवा भी है।
हंसना तो जरूरत है, कभी रोना भी जरूरी है।
****

101. क्षणिकाएं -86

397• रोना - हंसना

आँखों में समंदर है, समंदर का ही पानी है।
आंसू की जो लडियाँ हैं,बेजुबां एक कहानी है।
कोई दुख में रोता है, कोई खुश होकर रोता है।
यूँ रोना और हंसना तो, इक- दूजे के सहारा हैं।
सुख है,दुःख है,दोनों का,आंसू ही ठिकाना है।
रोने के जो मौके हैं तो, हंसने के भी बहाने हैं ।
कभी रोते हुए हंसना है ,कभी हंस कर रोना है।
आंसू व हंसी मिल कर ही, जीवन ये बनाते हैं।
हंसना और रोना तो,एक सिक्के के ही पहलू हैं।
दोनों को मिलाकर ही, यह गुलज़ार जमाना है।
****

102. क्षणिकाएं -87

चुप्पी भी एक हथियार,पर
न हो यह समर्पण-व्यवहार।
सीजर ने भी तो कहा था-
बहादुर मरता है एक बार,
कायर मृत्यु से पहले ही
मरता है कई-कई बार ।

103. क्षणिकाएं -88

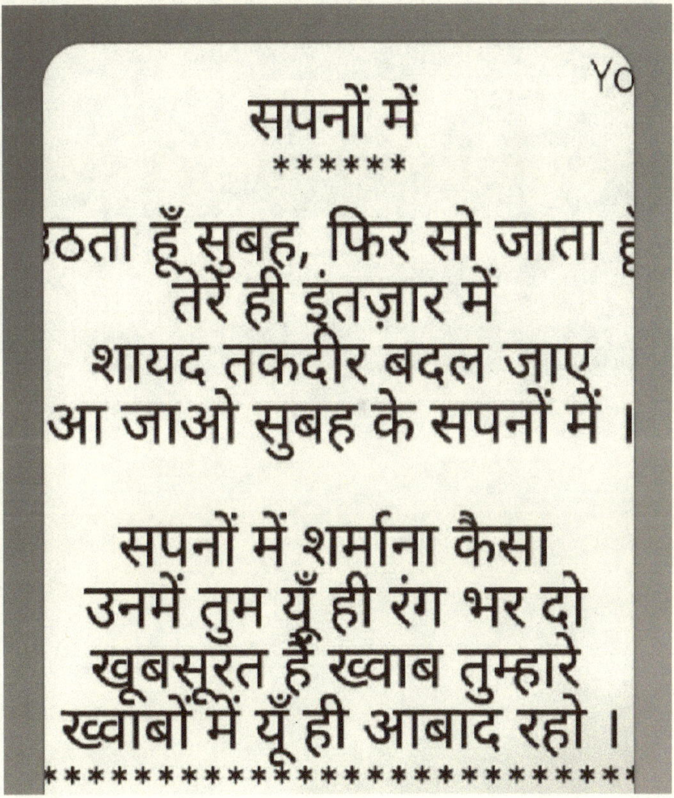

सपनों में
******

ठता हूँ सुबह, फिर सो जाता
तेरे ही इंतज़ार मे
शायद तकदीर बदल जाए
आ जाओ सुबह के सपनों में ।

सपनों में शर्माना कैसा
उनमें तुम यूँ ही रंग भर दो
खूबसूरत हैं ख्वाब तुम्हारे
ख्वाबों में यूँ ही आबाद रहो ।
****

104. क्षणिकाएं -89

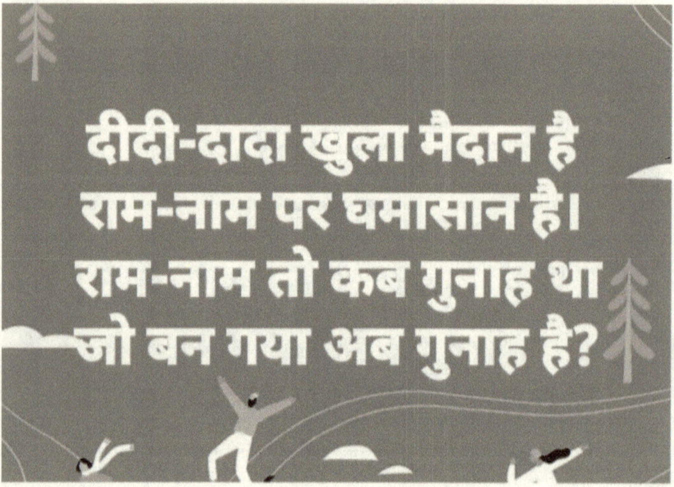

290• संघर्ष

जीवन से ब्रह्मांड तक
सब अनबूझ पहेली है।
उसको ही सुलझाने में
बीते मानव-जीवन है।
सुलझाना संघर्ष मनुज का
संघर्ष ही मानव-जीवन है।

द्वंद्व

शीत-उष्ण, सुख-दुख सारे ही, द्वंद्व न विचलित जो कर पाए
नहीं पराया - अपना कोई, समभाव आत्म सब में जो पाए।
हंसी - खुशी, जीवन - मृत्यु से, बेअसर रहे जो बिन घबराए
दूर द्वंद्व से शांत प्रशांत वह, जितात्मा, संतुष्ट योगी कहलाए।

****

105. क्षणिकाएं -90

यादें जो भूलने से रह गई हैं अब भी, जिंदगी आबाद है उनसे/थाती हैं बची हुई यादें मेरी, बच गई है जिंदगी वीरानगी से/लुटा सो लुटा, लुटे कारवां का मुझे कोई गम नहीं /बच गया है जो खज़ाना बहुत है, जिंदगी जीने के लिए कम तो नहीं!

106. क्षणिकाएं -91

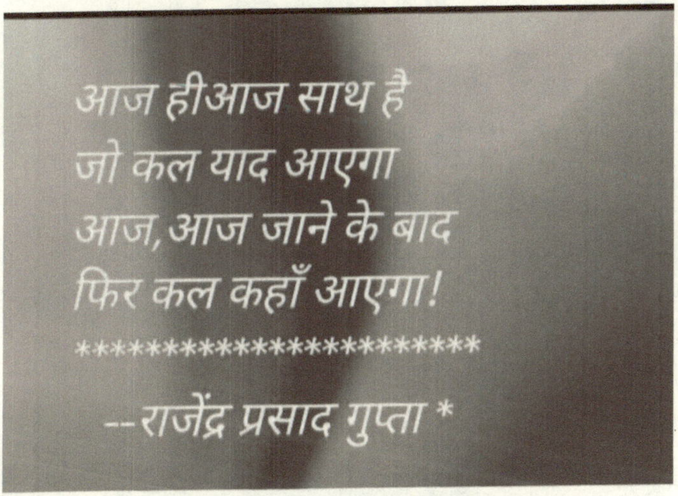

107. क्षणिकाएं -92

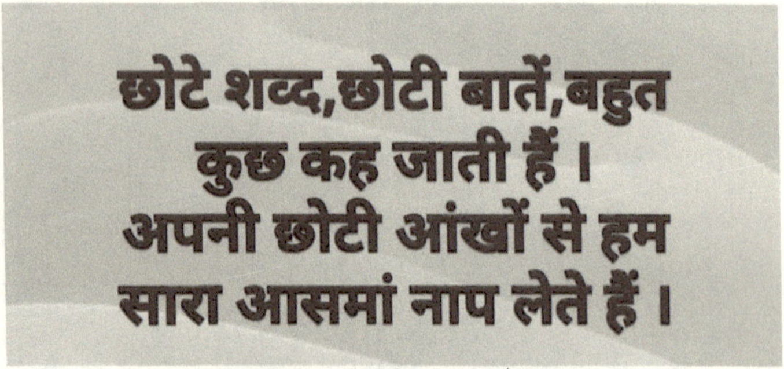
छोटे शव्द,छोटी बातें,बहुत
कुछ कह जाती हैं ।
अपनी छोटी आंखों से हम
सारा आसमां नाप लेते हैं ।

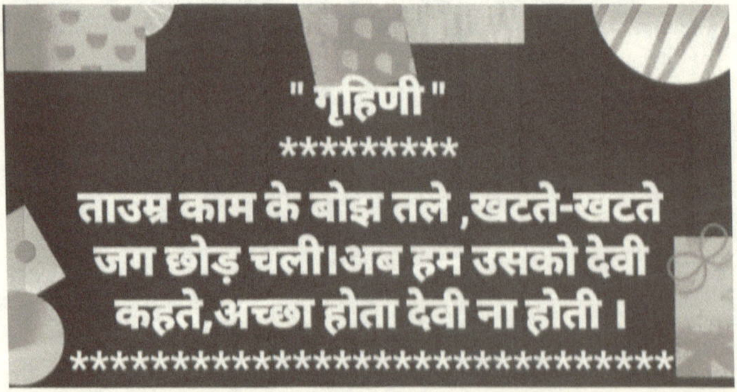
" गृहिणी "
****
ताउम्र काम के बोझ तले ,खटते-खटते
जग छोड़ चली।अब हम उसको देवी
कहते,अच्छा होता देवी ना होती ।
****

108. क्षणिकाएं -93

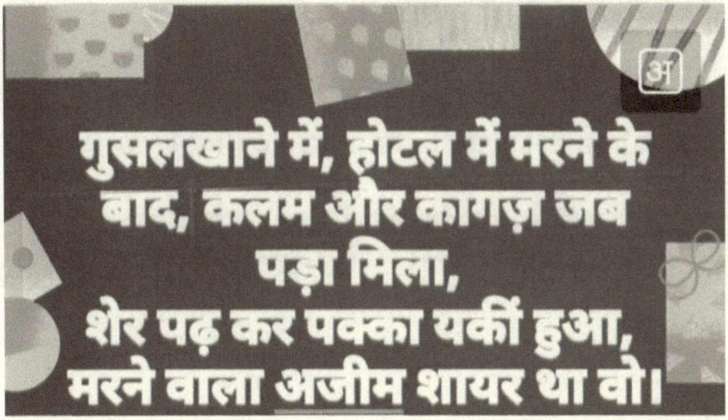
गुसलखाने में, होटल में मरने के
बाद, कलम और कागज़ जब
पड़ा मिला,
शेर पढ़ कर पक्का यकीं हुआ,
मरने वाला अजीम शायर था वो।

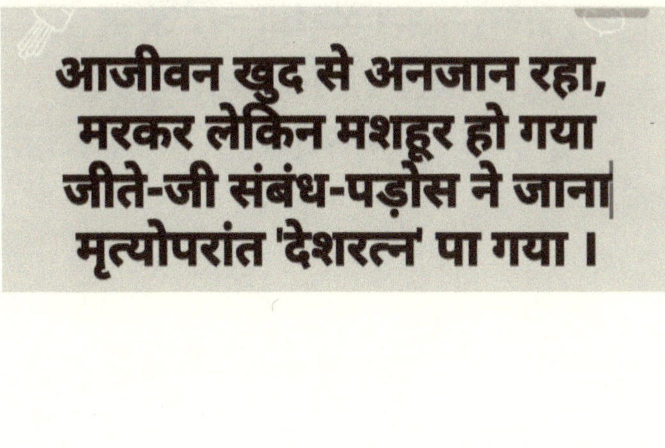
आजीवन खुद से अनजान रहा,
मरकर लेकिन मशहूर हो गया
जीते-जी संबंध-पड़ोस ने जाना
मृत्योपरांत 'देशरत्न' पा गया ।

109. क्षणिकाएं -94

<u>355• ईश-विधान</u>

सेन्टर पर कुछ पैसे खरचे, जैसे-तैसे पास हो गए।
मिली नौकरी रिश्वत दे, बीते कुछ वर्ष निकाल गए।
सौ बात की एक बात पर, हानि-लाभ बराबर था।
लाभ-हानि,देना-पाना, ईश-विधान जैसा कुछ था।
****

बहुत लोग आए मेरे मरने के बाद,बहुत तारीफ़ भी की। चलो वक़्त उनको भी मिल गया, जीते जी जिनको फुर्सत न थी।

*

110. क्षणिकाएं -95

इकतरफा ही मुहब्बत है
अबतक,बस दिल में लिए बैठे हो ।
मुमकिन है बात बन जाए,इजहार-
ए-मुहब्बत हो तो सही ।

नगरपालिका की गाड़ी खड़ी है
कूड़ा उठाने के लिए ।
गाड़ी पर खड़े बच्चे
कुछ खोज रहे हैं ----कूड़े में
रोटी पाने के लिए ।

111. क्षणिकाएं -96

<u>**पुष्प**</u>

दो पुष्प तोड़े माली ने, अब जो वृद्ध हो चले थे।
इनका अब क्या होगा? भाव उद्वेलित हो रहे थे।
या तो किसी सजे बैठक में,ये सौंदर्य बिखेरेंगे।
या बैठे प्रभु-चरणों में,वानप्रस्थी विश्राम करेंगे।
****

उम्मीद

तकलीफ़देह होती हैं उम्मीदें
बेहतर है उम्मीद नहीं रखना
अपने भी अक्सर होते हैं गैर
बेशक प्रभु का भरोसा रखना।
****

112. क्षणिकाएं -97

बैठ बिहग कैसे फुनगी पर
ताके नभ नीला शांत भाव।
पंख स्वस्थ हैं,भार नियंत्रित
जब चाहे नापे आकाश।

113. क्षणिकाएं -98

चुटकुले और कविता

****

चुटकुलिया जलसों को भी
हम कवि-सम्मेलन कहते हैं।
चुटकुले हँसाते तो हैं खूब हमें
हाँ,मगर इन्हें कविता क्यों कहें!

****

अमर होंगे

****

अमर होंगें आगे अब लोग
लौट सकेंगे गुज़रे भी लोग
सुकर्म कर जाएं फिर हम
वापसी का नंबर पहले हो!

114. क्षणिकाएं -99

शठ बालक कूदत चलत राह
ऊपरि नभ संध्या ताकि रह्यो
पादप पद ठेकि पड़्यो धरती
अब क्रोधहि पादप पद घात कर्‌यो।

#आदतें
******

आदतें जो बिगड़ जाती हैं,
बमुश्किल ही सुधर पाती हैं।
रस्सियाँ जल जाती हैं मगर,
ऐंठन तो कहाँ जाती है !

115. क्षणिकाएं -100

सर्दी में टहलना, रात में
पानी, हो जाता है कम।
दिल बेचारा सुबह-सुबह,
हो जाता है बेदम !

अप्सरा की शरारतों का जिक्र कौन
करे?
गुलाब के फूलों से कांटों का जिक्र
कौन करें?

116. क्षणिकाएं -101

चांद के गालों पर ये क्या निकला?
हमने जिसे मामूली दाग-धब्बा समझ
रखा था
वह तो तमाम गहरे गड्ढों का एक लंबा
सिलसिला निकला!

बेगम को चांद कहता था अब तक
अब बेवजह मेरी शामत आई है।
चाँद के गालों पर गड्ढे हैं तमाम
जाने कहां से मनहूस खबर आई
है!

117. क्षणिकाएं -102

जब चाहे तब ईद मनाएं, मन चाहे तब करवा।
कहां जरूरी चाँद को देखें, होगा जब चाँद पर रहना।
*

पर्यटक आ रहे दूर ग्रहों से, चाँद बहुत सहमा-सा है,
रोज झांकता धरती पर है, ट्रैफिक से बेहद डरा हुआ है।

118. क्षणिकाएं -103

तस्वीर जो तेरी पडी है सामने
उसमें तुम मुस्काती रहती हो।
क्यों लगता पर मुझको ऐसा
तस्वीर में छिप कर रहती हो।
****

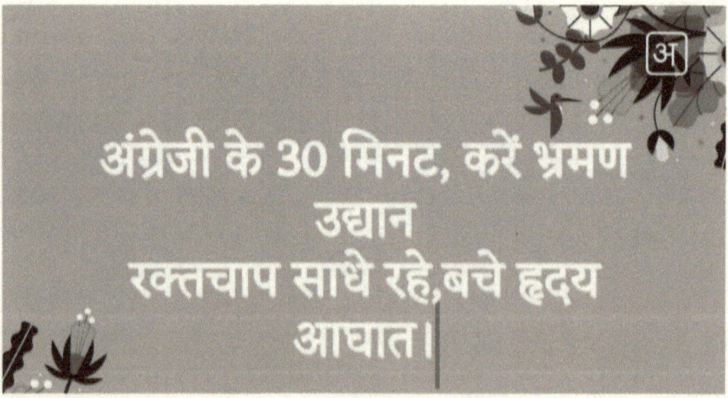

119. क्षणिकाएं -104

क्षणिकाएं

समय सही बलवान है, सर्वहित समभाव है
वह कभी गया कहां, वह कभी हटा कहां ?
सभी का निगहबान है, अविनाशी अपार है।

भाषा हिंदी या अंग्रेजी, साहित्य तो मैंने पढ़ा नहीं
जनभाषा से परिचय मेरा, इसमें ही साहित्य सृजन।

ठंडी अब भी गई नहीं है, पहनावे की भीड़ जुटी है
सर्दी की चाहे जो मर्ज़ी, प्रातः भ्रमण तो होना ही है।

बच्चे मां-बाप पर बोझ न थे, वे तो अपने ही बच्चे थे
वे बच्चों पर बोझ रहे क्यों, वे तो अपने ही बच्चे थे।

इंसान ख़ुशी से रहता है, तीन गुना काम हो जाता है
जब तनाव में रहता कोई, तीन गुना काम बढ़ जाता है।

ये उम्मीदों के रिश्ते बने, अपनी, बच्चों की ,ससुराल के
ज़माना चला 'मोबाइल का', 'नमस्ते' तक रिश्ते रह गए।

कहि न जाय मुखपृष्ठहिं माया,
दिन बीते कस बूझि न पावा
पढ़हिं-गुनहिं जे जस मन भावा,
जिमि सुरसा तस बदन बढावा।

ख्वाबों ने बुनियाद रख दिया, आसमान में महलों का
मेहनत के हथौड़े से फिर, ज़मीं पर घर बनाया हमने।

मर्दों को औरतों से, औरतों को मर्दों से
बहुत कुछ छिपाना रहता है।
कुछ संस्कार, कुछ परंपरा, और कुछ तो
बस छिपाने का बहाना रहता है।

जो बीत गया सो बीत गया, 'आज' ही भाग्य विधाता है।
जो चला गया सो भूत हुआ, लौट कहां फिर आता है !

आंधियों की क्या बिसात, हौसलों के सामने
बुझा दिया भी जल उठेगा, हौसलों के हाथ से।

ग़ज़ल का हर शेर अजीब, श्रोता जिसमें चढ़ता पहाड़ है
फिर नीचे गिरता धड़ाम, और चिल्ला उठता है, 'बहुत खूब!'

बड़ी खूबसूरत सोच है आपकी, शौक भी शायद
गिरों को उठाते हैं आप, मगर पहले गिराने के बाद!

बारिश में ये तरल मोतियां, चमक बिखेरती अति सुंदर हैं
केले के पत्तों पर पानी, स्वच्छ, शुद्ध, कितना निर्मल है !

देश के मेरे वीर जवान, कितनी सेवा, कितना त्याग
इनके तो अति ऋणी हैं हम, आओ इनका करें नमन!

अमीरी का गलत दिखावा, फैशन की बदनामी
चिथड़ों में ढंकी फिरे, देखो, कैसे नई जवानी !

होना है जो भी होना है, है तो सब विधि हाथ
हम रहें स्वयं सतर्क स्वच्छ, यह तो अपने हाथ।

कहीं धूप का हंसना है तो, कहीं छांव का रोना-गाना
ढंग-बेढंगी इस दुनिया में , जीवन कैसा बना निराला!

विवश मनुष्य है उसके आगे, काल का पहिया कहां रुका है?
अच्छा है हम संतोष करें, विधि ने जो कुछ हमें दिया है।

अच्छा-बुरा दोनों हैं दुनिया में, जिससे मुलाक़ात हो जाए
दिल क्या करे, किस्मत अपनी-अपनी, जो मिल जाए।

करना था जो कर न सका, अब वक्त निकल गया
खेत सारा ही चुग गया, सिर्फ पछताना रह गया।

कब तक बर्दाश्त करेंगे, सदा चुप रहना भी नहीं अच्छा
कोई तो बोलेगा कभी जुर्म सा लेना भी कहां अच्छा!

ग़म को ख़ुशी में बदलें, ख़ुशी के गीत गाएं
बस प्यार बांटते रहें,संग सबके मुस्कुराएं।

सब अपने ग़ैर नहीं होते, सब ग़ैर भी अपने क्या होंगे?
ख़ुद ही परखना है, कुछ है क्या, मीठी बातों के सिवा !

मंजिलें वहीं रहेंगी, रास्ते चलते रहेंगे
आप चौराहे पर हैं, रास्ता अपना चुनें।

कलिकाल का कटुतम यथार्थ, मानवता विध्वंस पथ पर
कुछ तो हो उपाय इसका, क्यों न प्रभु उतरे धरा पर ?

जो सवालों से घबराए, निज धैर्य भूल जाए
वे विद्वान कहां से आए? विद्वान कब कहाए?

अभी तो सूर्य दृश्य था, अब मेघ-आच्छादित हुआ
सुख-दुख कब बदल चलें, वक्त अनिश्चित ही रहा।

जीवन के सच हैं कई रंग, हर समय बदलता रहता है
कभी तो रंग ही रंग भरे हैं, कभी बदरंग पड़ा रहता है।

रात्रि के बाद सवेरा होता फिर तो दिन का वही उजाला
अधिकारी चाहे जितनी गहरी इच्छा उसका करें सवेरा।

भारत प्राचीन रहा सुनहरा, है आज एक उग रहा नया
बीच में जल कितना है बहा, भूलें उसको बेहतर हो नया।

चतुर्चक्री मेरी सोलह बरस की, उसकी चाल बहुत अलबेली है
चले तो लागे पक्की नई नवेली,चलती का नाम तो गाड़ी है।

गृहसेविका भागती थी हर माह, गृहिणी रहती थी परेशान
इधर वर्षों से कोई न भागी, मिलती है चाय सुबह और शाम।

कहां शुरू कहां खत्म, अनुत्तरित सवाल है
धागे कहीं और हैं, कठपुतली का नाच है
सवाल एक ऐसा कि सवाल ही जवाब है।

कोई तेज़ दौड़ता है, फिर बैठा आगे सुस्ताता है
कोई धीमे चलता है, मंज़िल अपनी पा जाता है।

मैं मर गया तो दुनिया आई, किए बहुत सब खूब बड़ाई
जीते जी पर कहां रहे सब? तब तो किसी को याद न आई।

दुनिया सुनेगी एक दिन, सब कुछ बिगड़ जाने के बाद
गिरे, गिर कर उठे भी, मगर सब कुछ मिट जाने के बाद।

कहीं पर बाढ़, कहीं है सूखा, दोनों में प्राणों का धोखा
मानव मेधा समझ न पाए, पाप-पुण्य का लेखा-जोखा।

यादें जरूर बेहद खुशनुमा रही होंगी
माहौल बदलने का दम रखती होंगी।
कुदरत को महकाने का कूबत होगा
मोहब्बत से कुछ ज़रूर दोस्ती होगी।

मन तो बहकता है, न रोको तो बहकाता भी है
दिल पे भरोसा रखें, राह वो सही दिखाता भी है।

बिहग विचरते मानव संग, ऐसा है उद्यान हमारा
काश! बचा लेते दोनों* को, होता कल्याण जगत का।

*दोनों = प्रकृति तथा पृथ्वी के अन्य जीव।

****

भाग 3 - अन्य कविताएं

120. हिंदी

गर्व हमारी भाषा है हिंदी, हम हिंदी भाषी हैं
धन्य हैं हम भारतवासी, हिंदी बहुजन की भाषा है
सौभाग्य हमारी लिपि विशेष, देवनागरी सर्वश्रेष्ठ है
विज्ञान सम्मत भाषा है हिंदी, देवनागरी अद्भुत है।

स्वर व्यंजन हैं अलग, ध्वनि का भी पूर्ण संयोजन है
जो बोला लिखती है हिंदी, जस लिखा तस पढ़ती है
पालित-पोषित सूर तुलसी की, मीरा कबीर बिहारी की
भारतेंदु प्रसाद पंत दिनकर, गुप्त हरिऔध निराला की।

दुलारी महादेवी सुभद्रा की, प्रेमचंद दुष्यंत अटल की
संतान देव भाषा की हिंदी, है भारत माता की बिंदी
शरण भिन्न भाषा शब्दों की, सरि-समुद्र सम मिलती हैं
निष्कंटक ऐसे मिल जाती हैं, लगती सखि हिंदी की हैं।

संयोजन ज्ञान-विज्ञान रोचकता, सर्वगुण संपन्न हिंदी है
साहित्य कला संगीत संवाद, सर्वत्र स्थापित हिंदी है
दुख है स्वतंत्र भारत में भी, अबतक राजभाषा है हिंदी
सियासत इच्छाशक्ति दर्शाए, शीघ्र राष्ट्रभाषा हो हिंदी।

****

121. देश की व्यथा

हे गणेश! हे प्रथम देव! हम, देश की व्यथा आपसे कहते हैं
विनती विनम्र करबद्ध आपसे, भारत की समस्त बाधा हर लें!
प्रायः कुकृत्यों, दुर्घटनाओं से, अखबार व टीवी भरे हमारे
हर दिन हर पल रोती खबरें, जनमानस को विचलित करती हैं।

कुकृत्यों की तस्वीरें,चलचित्रक, निकृष्ट जन को मोहित करती हैं
विशाल कभी के महान राष्ट्र में, संवेदनाएं नित सिसक रही हैं।
तकनीकी सामाजिक मंचों पर, 'बड़े' कुछ बड़ी बात करते हैं
उधर मृत संवेदनाओं की अरथी, अनवरत निकलती रहती हैं।

जाति-धर्म का चोला पहने, हैं कलुष-हृदय नेता बहुतेरे
विघटनकारी बातें अंतस में रखे, ऊपर बात बड़ी करते हैं ।
आंखें स्थिर टिकीं एकटक, लोभ की मछली पर जिनकी हैं,
तकनीकी साधन साधे सारे ही, स्वांग लोकहित का रचते हैं।

जनमार्गों पर पथिक निराले, अस्वच्छता अधैर्य अशोभनीय है
नियमों की नित करते अनदेखी, वाहन चालक अनियंत्रित हैं।

बिना बेल्ट, बिन हेलमेट पहने, बिना प्रकाश के भी चलते हैं
जनबल कर्मी लगे अधिकतर, कर्तव्यों की खानापूर्ति करते हैं।

अज्ञानी जन मोह-मोहित हैं, हे गणपति! उनके मोह दूर हों!
संवेदनाएं जो सुप्त पड़ी हैं, जनमानस में अब मुखर प्रभु हों!
राष्ट्रभक्ति का वेग है निर्बल, जन-जन में प्रभु दृश्य प्रबल हो!
'देश हमारा सबसे पहले', हर हिय में यह भाव सबल हो!
****

122. इतना क्यों कहो उदास दिखे हो?

हे चांद ! एकाकी नभ में चिंतित
इतना क्यों कहो उदास दिखे हो?
क्यों सूना आकाश इस कदर
तारों की बारात कहां है?
कहो चांदनी कहां छिप गई
दोनों में क्या कुछ बात हुई है?
बिना चांदनी मौन खड़े तुम
लगता तुमसे वो रूठ गई है।

असीम गगन है चुप्पी ओढ़े
सूना सारा आसमान है।
न सूरज , न तारे, बादल
फिर कहो कौन जो दुखी किया है?
छिपी है चांदनी करे प्रतीक्षा
नि:श्वास शांत वह झांक रही है।
कमर कसो तुम बात बनेगी
एक मुस्कान की दूरी भर है।

बढ़ो चांद! मनुहार करो तुम
संशय इतना ठीक नहीं है।
ऐ चांद ! एकाकी नभ में चिंतित
इतना क्यों कहो उदास दिखे हो?

123. हे वृक्ष !

तुम महान आत्मा हे वृक्ष!
आजीवन जीवन होम किया।
निरपेक्ष, सदा निष्काम रहे
आजीवन जग में त्याग किया।

कुदरत से ले जल ,मृदा, धूप
बीज नन्हा-सा वृक्ष बन गया।
आगे बन बरगद विशाल
प्राणवायु संग छांव दिया।

कर निर्माण धरा पर मेघों का
जग को जल का उपहार दिया।
कटकर, गिरकर निष्प्राण हुए
तब त्याग अभी भी शेष रहा।

जाते-जाते भी कट कर तुमने
मानव-हित भवन निर्माण किया।
साज-सज्जित कर उन भवनों को
पूरा ही अपना कर्तव्य किया।

बचे-खुचे अंगों से अपने
कहीं समिधा बन हवन किया।
कहीं अग्नि बन शीत हर लिया

या मृतक दाह संस्कार किया।

पूण्य तुम्हारा शेष अभी था
पुनः मूल से वृक्ष बन गया।
चिड़ियां चहकीं, बच्चे झूले
फिर आजीवन उपकार किया।

तुम महान आत्मा हे वृक्ष !
जीवन भर जीवन होम किया।
जिए सदा निष्काम भाव तुम
परहित प्राणोत्सर्ग किया।
****

124. चलो फिर अपना गीत गुनगुनाएं

चलो फिर अपना गीत गुनगुनाएं, पुनः मुस्कुराए।

माना दुखों का सिलसिला चल पड़ा है
मगर जिंदगी में ग़म के दिन भी तो तय हैं
बीत जाती है रात, फिर आती सुबह है
ग़म की ही पीठ पर, खुशी चढ़ी आए
चलो फिर अपना गीत गुनगुनाएं, पुनः मुस्कुराएं।

दुखों के भी गीत गाए बहुत गए हैं
हंसकर भी आंसू बहाए बहुत गए हैं
ग़म ने दिया है इज्जत खुशी को बेपनाह
आती पतझड़ के ही पीछे बसंत की फिजाएं
चलो फिर अपना गीत गुनगुनाएं, पुनः मुस्कुराएं।

सेहत के लिए अच्छा है, हंसना तो जिंदगी में
नम भी होती हैं आंखें, खुशियों में, मोहब्बत में
रोना भी जरूरी है, यह दिल की दवा भी हैं
आओ आज अपने दिल को समझाएं
चलो फिर अपना गीत गुनगुनाएं, पुनः मुस्कुराएं।

हंसने की हसरत तो रहेगी जिंदगी भर
आंखों का नम होना भी कुदरत का करिश्मा है

आंसुओं की कद्र मोहब्बत में बहुत है
आओ उन आंसुओं के नाम कुछ गाएं
चलो फिर अपना गीत गुनगुनाएं, पुनः मुस्कुराएं।
****

125. धूप की खुशी मनाने दो

तम भरी रात है वर्तमान
जरा अंधेरा छंट जाने दो
आगत प्रकाश को आने दो।

अभी अधियारी बहुत घनी है
जरा उजाला हो जाने दो
सूरज को जरा निकलने दो।

बेअसर रुकावटें होंगी सारी
लक्ष्य हमारा निकट बहुत है
पगडंडी आगे दिख जाने दो।

चाहे पूरा परिवार खो चुकी
घोर विपत्ति निकल चुकी है
मुझे दुख-दर्द भूलाने दो।

आशाओं पर पहरे कभी न थे
सपने सच होने को हैं
उनको सच हो जाने दो।

खुद का भरोसा सबसे बड़ा है
आत्मविश्वास मेरा संबल है
उसको मुझे भुनाने दो।

बाधाओं की गिनती भूल चुकी हूं
कमर कसे तैयार खड़ी हूं
मुझे ना रोको, जाने दो।

चांद तारों तक मुझे पहुंचना
मंजिल चाहे दूर भले हो
साहस को आगे बढ़ जाने दो।

कौन है जो सूरज रोकेगा?
छाया से मुझे निकल जाने दो
धूप की खुशी मनाने दो।

भूत का रोना कब तक रोना
बीता जो मुझे भुलाने दो
मंजिल तक मुझे पहुंच जाने दो।
****

126. जीना सिखा दिया

जिंदगी! खुद तुमने मुझे जीना सिखा दिया
शुक्रिया ऐ जिंदगी! मुझे तुमने बहुत दिया।

मैं तो चलता रहा सीधी राह, चुपचाप सदा
पथरीली, टेढ़ी राहों से कभी वास्ता न रहा।

शुक्रिया जिंदगी! मेरा इम्तिहान तुमने लिया
औचक ही चौरास्ते पर मुझको खड़ा किया।

हर तरफ पत्थर , कांटे बिछे दिखे मुझको
मगर मैं डरा न घबराया, आगे बढ़ चला।

तुमने ही दी हिम्मत कि एक राह चुनी मैंने
छाले पड़े, थके पैर मेरे, मगर चलता मैं रहा।

शुक्रिया हजार बार, तुमने मुझसे वफ़ा किया
और ख़ुद तुमने ही मुझे जीना सिखा दिया !
****

127. ग्रीष्म भयंकर

ग्रीष्म भयंकर ,अति प्रलयंकर, पहर आठ बदहाल रहे
मुख प्रक्षालन, काक स्नानम्, सारा ही दिन हाल रहे।

वस्त्र बदलते घड़ी-घड़ी, धोय सुखाय उठाय रहे
टोपी नीचे स्वेद सिक्त सिर, मोज़े में पांव नहाइ उठे।

धूप सिका आंखों का चश्मा, नाक ताप की आंच जले
खुली पीठ धूप को कोसे, जलती जैसी आग लगे।

पसीने से तर देह अनवरत, उमस नरक जस द्वार लगे
भींगे-भींगे बिन पानी दिन भर, नदी नहाय मन चाह रहे।

प्यासी धरा, खेत सब सूखे, थलचर-नभचर जल को तरसें
धन गरजें, छाएं श्याम मेघ, बरसें बादल अब, चाह रहे।

बंधी आस समस्त जीवों की जैसे, तभी मयूर हैं नाच रहे
ग्रीष्म भयंकर, अति प्रलयंकर, आठों पहर बेहाल रखे।

****

128. दर्द

प्राण घायल रहा, दर्द ही दर्द था
हर गली, हर जगह ,दर्द गाता फिरा
सुनने वाला तुम जैसा न हमदर्द था
प्राण घायल रहा, दर्द ही दर्द था।

दर्द की कोई कीमत रही क्या कभी
चुप चुप हर मौसम बदलता रहा
यह ज़माना हमेशा ही बेदर्द था
प्राण घायल रहा, दर्द ही दर्द था।

दर्द से गीत पहले भी निकले बहुत
दिल से ही मगर उसका रिश्ता रहा
गैरों को लेना-देना रहा क्या ?
किसी के दिल की वो थाती रहा
प्राण घायल रहा, दर्द ही दर्द था।

खुशियों के साथी कभी कम न थे
हर पल, हर घड़ी, भीड़ ही भीड़ थी
न जाने वो भीड़ कहां खो गई अब
सन्नाटे का शोर हर तरफ है उठा
प्राण घायल रहा, दर्द ही दर्द था।

****

129. सुख-दुख/2

दुख से क्यों घबराए भैया, दुख तो जीवन का साथी है
दुख के पीठ चढ़े सुख आता, दोनों मिल जीवन होता है।
एक दूजे की पहचान कराते, पर दोनों साथ कहां आते !
अधीन कालचक्र के होते, कुदरत के दोनों प्यारे होते ।
भाग्यवान है कौन धरा पर, सुख का ही जिसने स्वाद चखा?
भाग्यहीन नर है क्या कोई, आजीवन जो शोक संतप्त रहा?
कष्ट, शोक, सुख- शांति सभी, आते और जाते रहते हैं
पाप-पुण्य जस भागी जो है, यश-अपयश पाते रहते हैं।
सुख-दुख दो से जग निर्मित , कुदरत के दोनों हाथ भरे हैं
बिन पतझड़ कब देखा वसंत, बेमौसम पुष्प कहां खिलते?
नवल पात समय पर आते, सूखे पहले जब गिर जाते हैं
हंसी-खुशी, आनंद, लाभ संग ,रोग-व्याधि, पीड़ा अनंत है।
माया की जो बनी है दुनिया, हास्य-रुदन मिश्रित जीवन है
रोना जीवन जीते मरना है, संघर्षों में मुस्काना जीवन है।

****

130. झरोखा

पंचतत्व से बनी है दुनिया, पंचभूत यह देह हमारी
पांच झरोखे ज्ञानेंद्रियों के,और पांच कर्मेंद्रियां सारी
पंचतत्व निर्मित प्रकृति, और अखिल ब्रह्मांड हमारा
रूप रस गंध स्पर्श शब्द, सभी प्राप्त हैं मन के द्‌वारा
पांच इंद्रियां नेत्र नासिका, त्वचा कर्ण जिह्वा कहलाएं
मन के निर्देशन में सारे, बाह्य जगत का ज्ञान कराएं
मन अंतस के भीतर बैठा, सुख-दुख का भान कराए
पांच इंद्रियां भिन्न कर्म की,चलना-फिरना सुगम बनाएं
पर पंचभूत के सकल झरोखे, मन जिनका संयोजक है
व्यर्थ बिना है एक झरोखा, आत्मा जिसको कहते हैं
बिन उसके जड़ सकल पदार्थ हैं, वह जो सबके भीतर है
कण-कण में है व्याप्त सदा , भीतर भी और बाहर भी है
एक झरोखा हिय अंतस में, निर्जीव सजीव जड़ चेतन के
कोटि कोटि प्रणाम प्रभु को, घट भीतर - बाहर जीवन है।

****

131. मुस्काएं फिर से

हरपल बदला रूप साज, हम रहे साथ, पर बात नहीं
सुधरा न प्रिये संबंध हमारा, रूठी हर दिन, हर रात रही

वफ़ा हमारी कम न कभी थी, नाहक संशय में रात गई
शक की तो कोई दवा न थी, बात मगर छोटी सी थी

प्रिये जो मुझे समझ जाती, जिंदगी हमारी जन्नत होती
मैं जो तुम्हें समझ पाता, अब और न कोई चाहत होती

भूलें चलो गिले शिकवे, खुशियां राह ताकती होंगी
गले मिलें ,मुस्काएं फिर से, नई हमारी दुनिया होगी

याद करो बट वृक्ष पुराना, वो कसम साथ रहने की
आओ उस धरती को चूमें, लें कसम संग रहने की

अधर सुधा, आंखों के मोती, प्रिये संभालो उनको
प्रेम की थाती बची रहे, आओ समझाएं मन को।

****

132. वापस घर है जाना

अपना घर नर भूल न जाना, पाकर नया ठिकाना
चार दिनों की मिली है छुट्टी, खुशी से उसे बिताना,
फिर वापस घर है जाना।

याद न होगा रोते आए थे, कल ही छूटा था घर अपना
भूल गए मेले में खोकर, अपना ही घर हुआ अब सपना।
आए सब जीवों के संग, हिल-मिल पृथ्वी पर रहने को
सृष्टि रची प्रभु की माया ने, रक्षा उसकी भी करने को ।
दीन-दुखी, निर्बल, असक्त, की भी सेवा कुछ करने को
खुद प्रकृति संग जीवन जीते, जग में परमारथ करने को।
भीड़ के लेकिन संग हो लिए, चिंता खुद की बनी रही
भोग में भूखे जुटे रहे, फिर लूट प्रकृति की मची रही।
किसने मन को भरमाया, दुनिया मिथ्या रंगीन लगी
रोते-गाते जीवन बीता, यह जगह तुम्हें मुफ़ीद लगी।
चार दिनों की चली परीक्षा, उसकी चिंता रही नहीं
अब वापस जाना डेरे पर है, बची है छुट्टी शेष नहीं।

तैयारी नर अब तो कर ले, फिर है निज गृह वापस जाना
लेखा-जोखा तैयार हो चुका, छूटेगा जल्दी नया ठिकाना
फिर वापस घर है जाना।

****

133. आभास

आत्मविश्वासी सोच गलत थी, दुश्मन का आभास नहीं था
वह तो अपनी चाल चलेगा, इसका सच आभास नहीं था।

दुश्मन की भी तैयारी होगी, पूर्ण प्रयास उसका भी होगा
छल-बल सारे काम करेंगे, तनिक भी ऐसा आभास नहीं था।

वैसे भी शत्रु की जीत न होती, देखा उसका इतिहास गया था
लेकिन खेल जयचंदी होगा, ऐसा बिल्कुल आभास नहीं था।

कुछ रही शिकायत अपनों की , अपने कुछ थे नाराज़ सुना
कहे वे अपनी बात नहीं क्यों?पलटेंगे यूं आभास नहीं था।

हाल हमें बताया था जिनने, सच का उनको पता नहीं था
कितनों को यह बात पता थी, अपनों का ही साथ नहीं था।

बड़बोले कुछ अपने लोग रहे, अभिमान उनका बोल रहा था
श्रोताओं की समझ भिन्न थी, उनको इसका आभास नहीं था।

बड़ी तैयारी रही हमारी, लगता तो सब कुछ ठीक-ठाक था
टेढ़ी चाल चलेंगे दुश्मन, बिल्कुल इसका आभास नहीं था।

शत्रु की सारी ही शतरंजी चालें, कामयाब तो बहुत रही थीं
हार कर भी जीतेंगे हम, इसका उनको आभास नहीं था।

****

134. बेड़ियाँ

कभी बंटे देशवासी थे, परस्पर उलझे आवेशित ईर्ष्यालू थे
विजातीय विधर्मी आक्रांता आए , लोभी धन धरती के थे।
लूटमार हिंसा का युग था, विपदा की अकथ कहानी थी
दुर्भाग्य! बेड़ियाँ जकड़ गईं, भारत माता बेबस बरसों थी।
सदियों तक संघर्ष चला, हजारों पुरखों की कुर्बानी थी
दो टुकड़ों में देश बंट गया, अंग्रेजों ने चाल चली थी।
लाखों लाशों पर चलकर के, आई फिर यह आज़ादी थी
था खून बहा मज़हब के नाम, आज़ादी गमगीन हुई थी।

नेताओं का अब भी लोभ मुखर, करोड़ों का धन घोषित है
जाति धर्म से वोट मिल रहे, आरक्षण प्रतिभा का संबल है।
लुटेरों को सरकारी क़र्ज़ चाहिए, गरीबी सड़कों पर लेटी है
अपराधों से राजनीति तक, किस कदर तो फैली हिंसा है ?
देश बंटा था अमन की खातिर, तब से हिंसा रुकी नहीं है
लाखों जानें चली गई हैं, अरबों-खरबों बर्बाद हुए हैं।
जाति धर्म उपयोग स्वार्थहित, बहुविधि हम करते रहते हैं
ये रहीं हमारी नई बेड़ियाँ, आज की जो बनी चुनौती हैं।

****

135. खोया बचपन

"युग बीता, ज़माना बीत गया
आज विशेष दिन था
अपने बाग में बैठा था
तेरी इकलौती पुस्तक के साथ
कभी उपहार दिया था तुमने।

"औचक हवा चली, डालियां हिलीं
पन्ने फड़फड़ा उठे,
और दो पन्नों के बीच एक पुराना मोर पंख
आज भी ताज़ा, मुस्कुराता सा दिखा,
कभी तुमने ही रखा था यह पंख
अपनी वो कविता पढ़ाने के लिए
जो तुमने बड़े प्रेम से लिखा था
सुबह-सवेरे,मेरे ही लिए,
फिर मेरे सामने है आज।

"बरसों पहले की सारी दास्तान
कथा-किस्से, आवारगी...........
सभी आकर खड़े हो गए
स्मृति स्वरूप, अचानक ही, मेरे सामने
और खो ही गया मैं, उन यादों में
फिर से, अरसे बाद।

"चलो, तुम खुश हो विदेश में
तुम्हारी इच्छा थी विदेश में बसने की,
मैं गया तो था तुम्हारे देश
तुम्हारे घर जा नहीं पाया।
ठीक नहीं लगा किसी ग़ैर के घर जाना,
वो घर तुम्हारा था, मेरा तो नहीं।

"ओह ! ऊपर पेड़ पर कौआ कान फाड़ रहा है,
'छोड़ो यार, कहां फंस गए,
फिर इतने सालों बाद?'
चलो, तुम खुश रहो
बस.......... इतना ही ....
--तुम्हारा, खोया बचपन!"
****

136. चिट्ठी चाँद से

अच्छा हुआ तुम चाँद पर नहीं आई
बड़ा संघर्ष है यहां
एक नई सभ्यता का
सिरे से विकसित होना....
पता नहीं कितनी सदी पीछे से।

यह भी अच्छा रहा
कुछ लोग माचिस लाए थे
छुपा कर ही.....
लाना मना था।
खैर ,काम तो आया
कुछ नए पौधे दिख जाते हैं कभी
भूनकर देखते हैं हम लोग.....
कैसा लगता है!

न पैसे का चलन, न ही काम-धंधा कोई
बहुत समय लगेगा सेट होने में यहां
पृथ्वी पर तो लाइफ़ सेट थी अपनी।
गनीमत है पानी है यहां
वैज्ञानिक सफाई होती है उसकी
पीने से पहले।

वैसे बड़ा मिलकर रहते हैं लोग यहां

अपनी-अपनी अंग्रेजी के साथ
बस, चीनियों को छोड़कर!
चालाक हैं वे भी
चाय लेकर आए थे
उबाल लेते हैं ,जैसे- तैसे
आग जलाकर , सवेरे सवेरे।
पाकी तो आए ही नहीं कोई
सुना, किराया नहीं था।

मुझे बड़ी चिंता थी तुम्हारी
तुम साथ नहीं आई
सरकार ने भी ,जीते जी अपनी पेंशन
तुम्हारे नाम करने नहीं दिया,
सब सरकार का हो गया!
उन्हें सैटेलाइट भी तो भेजनी थी
चुनिंदा वॉलिंटियर आते कैसे?
पागल! अलबत्ता मेरे जैसे।

हां, फ़ालतू ही मैं तुझे चाँद कहता था
इस चाँद से तो तुम कई गुना सुंदर हो!
यहां आकर पता चला।
अच्छा हुआ तुम कामकाजी महिला थी
एका रहने की हिम्मत जुटाई.....
वह भी, बेहद सर्द पहाड़ों में!

चिट्ठी चाँद से मेरी.....
दिखाना सबको

मैं लिखता रहूंगा,
किसी भी देश का 'शटल'
जब भी जाएगा चाँद से
मैं बांध दूंगा उसमें,
कागज, पन्नी, रस्सी
सब लाया था मैं
अपनी धरती से, इसीलिए।

वालंटियर हूं तो वापसी ' शटल '
मिलेगा मुझे जरूर....
फिर मैं वहीं रह जाऊंगा,
आना नहीं अब।
बहरहाल, अपना ध्यान रखना प्रिये!
पता नहीं कब आना हो मेरा।
****

137. हिलोर

मनवां मारे हिलोर हे सखी!
आओ चलें अवध की ओर।
आइ गए घर राम अवधपुरी
गांव-गांव है शोर हे सखी!
आओ चलें अवध की ओर।

युग बीते प्रभु राम पधारे
खुशी है पसरी गली-गली में
आनंद चहुंओर पुरजोर सखी!
आओ चले अवध की ओर।

धर्म-अधर्म का युद्ध भयंकर
सदियों का संघर्ष कठिन था
अब इंतजार भक्तों का बीता
आज नया है सूरज निकला
हुई सुनहरी भोर हे सखी!
आओ चले अवध की ओर।

चाहे जितनी चली लड़ाई
असुरों ने है मुंह की खाई
शुभ युग का आरंभ सखी!
गांव-नगर बज रही बधाई
है पावन शुभ बेला आई

मनवां मारे हिलोर हे सखी!
आओ चलें अवध की ओर।

खत्म प्रलयंकर खेल भयंकर
नव बसंत का हुआ आगमन
सुरभि सुगंधित चले पवन
सरयू में उठा हिलोर हे सखी!
आओ चलें अवध की ओर।

चहुंदिशि उमंग भरपूर हे सखी!
आओ चलें अवध की ओर।
मनवां मारे हिलोर हे सखी!
आओ चलें अवध की ओर।
****

138. फिर बसंत तुम आते हो

खुशहाली की हवा बह रही
गांव-नगर और गली-गली।
बाग-बगीचों की हरियाली में
खेतों, खपरैलों,महलों तक में।
फिर बसन्त तुम आते हो
कुछ महक नशीली लिए हुए।
हो रहा तुम्हारा स्वागत है
कवि की कविताओं में पहले।

इससे पहले कलियां चटकीं
किया तुम्हारा स्वागत उनने।
अपनी रंगीली मुस्कानों से
कवि की कविता से भी पहले।
फूलों की टोली भी सजग हुई
परस्पर पुष्पों में होड़ लग गई।
रंग- बिरंगे वस्त्र पहन सब
चल पड़े तुम्हारे स्वागत में।

खग-मृग वृक्ष-वनों में चहके
धरती पर कोई, कोई नभ में।
सारे ही आगे- पीछे भागे
सभी तुम्हारे ही स्वागत में।

खेतों ने अपने फूल सजाए
चने, मटर और सरसों के ।
आए दिन बहार के उनके
संग पवन के लगे झूलने।

चुपचाप वृक्ष जो शांत खड़े थे
पतझारी की यादों में रोते।
सर झुके, लजाते, अधनंगे-से
वस्त्रावृत प्रसन्न हो लगे झूमने।
नवयुगलों की भीड़ खड़ी है
सागर-तट पर्वत कानन में।
उद्‌यानों में देखो निकल पड़े हैं
प्रथम प्यार की खुशी मनाने।
****

139. माया

मानव मन के अद्‌भुत तरंग
ईप्साओं का द्रुत आलोड़न
अकथ-अबूझ सा अवगुंठन
जन्म-प्रलय गमनागमन।
सृष्टि-प्रकृति अद्‌भुत रहस्य!

कहीं सृष्टि-श्रृंगार जन्म है
कहीं प्रलय का खेल भयंकर
माया के नयनोन्मीलन संग
आते जाते जीवन - मरण।
सृष्टि -प्रकृति अद्‌भुत रहस्य!

इत-उत पल छिन हो अदृश्य
पुन: स्वत: द्रुत हो प्रकट
उदधि-उर्मि उच्छृंखल हिलोर
माया खेले नित प्रलय खेल।
सृष्टि-प्रकृति अद्‌भुत रहस्य!

कभी जन्म का उर -उमंग
कभी मृत्यु की करुण लहर
नित का गमनागमन भयावृत
दृश्य हास्य है, कहीं रुदन।
सृष्टि-प्रकृति अद्‌भुत रहस्य !

कर नयनों के संकेत सुखद
रच उन्मत्त छंद आनंद नवल
चपला सम भौंहों का कंपन
छिपाए रहस्यमय आकर्षण
ईप्साओं को देकर मूर्त रूप
माया करती नित नए सृजन।
सृष्टि-प्रकृति अद्‌भुत रहस्य !

****

140. सूरज

जलता एक आग का गोला
आहर्निशि जो जलने वाला।
हमारी धरती - चांद देखता
उन्हें प्रकाशित करने वाला।
ग्रह-उपग्रह करें परिक्रमा
सभी को ऊर्जा देने वाला।
जग संचालित ताप से उसके
जीवों का है जीवन दाता।
सारे वृक्ष वनस्पतियों से नाता
मौसम सारे ऋतुओं को लाता।
सारी ऊर्जा जल ताप जहां से
निसृत है जीवन डोर जहां से।
एक अकेला विश्व पालता
दुनिया का सूरज कहलाता।

पृथ्वी के कण-कण से नाता
बिन सूरज जीवन क्या होता!
एक तारा सबसे बड़ा अजूबा
न होता तो अंधियारा होता।
धरती ढकी बर्फ से होती
बिन सूरज जीवन ना होता।
जलकर सूरज हमें सिखाता
हित परिवार का कैसे होता।

मुखिया के कर्तव्य निभाता
त्याग प्रेम की राह दिखाता।
जलता एक आग का गोला
अहर्निशि दहकने वाला।

****

141. सबसे अच्छा देश हमारा

सबसे अच्छे हिंदुस्तानी, सबसे अच्छा देश हमारा
बरसों बीते मिली आजादी,अब चुनाव बड़ा है खेला।
जाति धर्म में देश बांट दो, फूट डालो, राज करो
मंत्र पुराना वही चलेगा, यह भारत देश है मेरा।
मंत्री नेता बनो तो अच्छा, संपत्ति पर कब्जा कर लो
जैसे-तैसे जुगत भिड़ाओ, औने -पौने दाम ख़रीद लो।
गरीबी के तो दाग हैं अच्छे, शुभ-शुभ उनको रहने दो
बिजली पानी राशन पेंशन, झुनझुने सभी पकड़ा दो।

वोट गरीबों के ही मिलते हैं, बाकी पर टैक्स बढ़ा दो
विरोध-विपक्ष से क्या मतलब, आएं जो उन्हें मिला लो।
सियासत में दुश्मन कोई नहीं, जो आएं दोस्त बना लो
पद पैसा जो भी नेता चाहे, दरवाजे सदा खुला रखो।
चाहे चुनाव जीतना खर्चीला, उसकी पर फिक्र नहीं है
नोटों से अभी गोदाम भरा है, बस इतना ही काफी है।
नोटों की गड्डी पर सोओ, टैक्स कौन-सा भरना है!
राजा जनता ने बना दिया, चुपचाप लूटते रहना है।

जेल हुआ तो क्या हुआ, कुर्सी परिवार में रखना है
चुनावी चंदा खूब मिले , यही ध्यान बस रखना है।
सबको हांक इकट्ठे रक्खो, सरकार नहीं गिरने पाए
चार्टर्ड विमान रहे तैयार, रिजॉर्ट से बाहर न जाएं।

दूसरे प्रदेश में रखना बेहतर, लोभी कोई बिक न जाए
कड़ी सुरक्षा, कड़ा हो पहरा, बैरी न सेंधमारी कर पाए।
बालू मौरंग खनिज पदार्थ सब, खनन विभाग मुस्तैद रहे
पद पार्टी सरकार में हो, वह भी बेशक स्वजनों में बंटे।

देश सुधार की बात करो, कैसे होगा समिति बनाऔ
कुछ अपनों को करो इकट्ठा, विदेश घूम कर आओ।
जनता की तो ऐसी-तैसी, सबसे बड़ा लोकतंत्र अपना है
जनता तो होती है भेंड़, बस चारा उसे देते रहना है।
सादा जीवन, उच्च विचार, बातें हैं, बातों का क्या!
मुंह में राम बगल में छुरी, कहते हैं तो क्या हुआ ?
दिखाने के दांत आकर्षक हों, खाने के तो और ही होनें
जनता खुश है रेवड़ियों में, उनको ऐसे ही खुश रहने दें।

सच ही अच्छा देश हमारा, देश के अपने क्या कहने !
चाहे जितनी करें बुराई, राजनीति से खुद दूर रहेंगे।
****

142. समय का पहिया

कल आज और कल के पथ पर
समय का पहिया चलता रहता।
वर्तमान समय का राजा होता
भूत भविष्य से रिश्ते रखता।
भूत कल को वर्तमान बन
आगे भविष्य की चिंता करता।
वर्तमान विगत भूत फिर होता
मधु स्मृतियों से उसे सजाता।
मार्ग सुझाता नववर्तमान को
सद्पथ के हित प्रेरित करता।
वर्तमान अभिरक्षक भविष्य का
थाम अंगुलिया बचपन गढ़ता।

वर्तमान शिक्षक है ,पालक है
भल और बुरे का भेद बताता।
योग्य मनुज की हो संतान
स्वावलंबन की राह दिखाता।
राष्ट्रहितार्थ करे कुछ अद्भुत
सभ्य समाज की हो पहचान।
निष्कंटक हो भावी जीवन
यथासंभव शुभ बने महान।
वर्तमान सभी कर्तव्य निभाता
जो जस करता तस फल देता।

बुढ़ापा-बचपन का मेल कराता
थाम अंगुलिया बचपन गढ़ता।

****

143. कांटों सी चुभन

पुष्पों की जग में कमी नहीं, बिखेरते सुरभि, खुशी भरपूर
कुछ होते फूल कटीले भी, जो चुभते तो हैं कभी जरूर।
कांटों सी चुभन इंसानों में , परिवार सगे संबंधों में भी
दोस्त, पड़ोस, देशों तक, मशहूर इश्क मोहब्बत में भी।
गुण मिले अनेक इंसानों को, और मिले कुछ अवगुण भी
क्रोध,मोह,मद, लोभ संग ही, मिला मनुष्य को ईर्ष्या भी।
ईर्ष्या वश भ्राताओं में बैर, कभी संपत्ति का लेना-देना
कभी किसी का बढ़ना आगे, देख पड़ोसी को है जलना।

सास-बहू, ननद-भाभी की, हर घर तानों के किस्से सुनता
कभी व्यापारी, दो प्रतिद्वंद्वी, परस्पर जो पाले रहते कटुता।
बच्चे कभी अवज्ञाकारी, अनसुनी मां-बाप की कर जाते
भावी जीवन में दुख पाते, मातु-पिता मन ही मन रोते।
इश्क-मोहब्बत, प्रेम-प्यार में, खाते कसमें आजीवन की
चल देते फिर कुछ भिन्न राह, कांटों सी चुभन फिर होती।
कभी मित्र जो रहा न सच्चा, देख दोस्त की प्रगति जलता
कभी देश-देश में कटुता, एक-दूजे की भूमि हड़पना।
हठ, क्रोध, ईर्ष्या की अग्नि, प्रायः ही अति दुखदायी होती
कांटो सी चुभन संबंधों में ऐसे, दूभर जीवन को कर जाती।

****

144. फागुन

आया फागुन का मस्त महीना
प्रिये! आओगे कब मुझे बताना।

अब न चलेगा कोई बहाना
छुट्टी इस बार बढ़ा कर आना।
बसंत का मौसम लगे सुहाना
होली से पहले जरूर जाना।
आकर रुकना पूरा महीना
चलूंगी संग, वीजा बनवाना।

रंग - गुलाल रख लिया है मैंने
आना तो संग गुजिया बनवाना।
करना न निराश, टूटे न आस
कट जाए टिकट तो मुझे बताना।
विदेशी से कहीं दिल न लगाना
सखियां करें ठिठौली, मारेंगी ताना।

मदमत्त अनंगी बह रही बयार है
हवा में चहुंदिसी छाई खुमार है।
झूलती फूलों की हर डाल दिखे है
पहरेदार रसिक, हर्षित भंवरे हैं।
कलियों में खिलने की लगी होड़ है
आ जाओ जल्दी मनना त्यौहार है।

बिछ गया बिछौना पलाश पुष्पों का
ढक गई है धरती अब चटख लाल ।
स्वागत हो जैसे यह ऋतु बसंत का
रसमाते भ्रमरों ने छेड़ा प्रेम- राग।
हे प्रियवर ! तेरा ही है इंतजार
करना न मुझे अब भी निराश।

आया फागुन का मस्त महीना
प्रिये ! आओगे कब मुझे बताना।
****

145. कबूतर परिवार

कबूतर और कबूतरी चिंतित, बीच में बच्चा एक विशेष
बीमार था बच्चा दुर्बल काफी, सूझे ना उन्हें उपाय एक
परिवार नियोजन सोच बुरी, कभी कमी भोजन की थी
आगे नसीब न जाने क्या, इकलौते की हालत बिगड़ी
सोचा था एक कुलदीपक होगा, वृद्धों का संबल होगा
यहां-वहां उड़कर जाएगा, हमारा जीवन सुखमय होगा
भोजन संचय कर लाएगा, फल और बीज जुटा पाएगा
उससे परिवार संबंध बनेंगे, दादा-दादी,नाना-नानी होंगे
यहां तो भाई-बहन नहीं हैं, इतिश्री आगे संबंधों की है
फूफा-बुआ, मौसा-मौसी, चाचा-चाची इतिहास स्वप्न है
कबूतरी कहे कबूतर से, "जाओ, लाओ वैद बगीचे से।"

****

146. मौसम बदल रहा है

हां, देखा मौसम बदल रहा है
सर्दी ने बिस्तर बांध लिया है।
'अगली बार मिलूंगी' कहकर
जा चुकी विदा लेकर अब है।
रजाई कंबल कर चुके पलायन
छिप गए सभी संदूक के अंदर।
शायद अगली सर्दी तक अब
सूरज की गर्मी से डर कर।
पुष्पों की मुस्कान खिली है
पत्तों ने लज्जा झटक दिया है।
हवा मदमाती चाल चल रही
खगकुल कलरव डाल-डाल है।

वृक्षों के झुरमुट से निकल पड़े
वनचर सूरज की छांव पड़े हैं।
मयूर सुनहरे पंखों वाले
मस्ती में देखो भ्रमण कर रहे।
संचित जल उद्‌यानों में जो है
झुक कर पीते नीर दिख रहे।
हंसों की टोली शोर कर रही
भोजन कोई लेकर आया है।
दाने खातिर लगते व्याकुल
वायुयान जस दौड़ पड़े हैं।

राजेंद्र प्रसाद गुप्ता

सबको सूचित करता उड़ता
कागा करता कांव-कांव है-
'देखो मौसम बदल रहा है'
मौसम सच ही बदल गया है।

****

147. बयार शिक्षा की

शिक्षा की गाड़ी निकल पड़ी है
विशेष बालिकाओं की चिंता है।
बह रही प्रखर ज्ञान की गंगा है
प्रतिमानों को तोड़ दिया है।
लोकपथ की भीड़ में देखो
श्रीधरा शारदा संग खड़ी हैं।
सरकारी सहयोग सुखद है
अभिभावक भी शिक्षित हैं।
शहरों में लक्ष्मी का वरद हस्त
सरस्वती की मुस्कान धवल है।
गांवों तक बहे बयार शिक्षा की
प्रभु से एक यही विनती है।
तकनीकी शिक्षा, नया जोश है
लछमीना की भी चाल तेज है।
ऐनक बेबस आंखों पर लेकिन
चिंता का कुछ विषय बना है।
जहां कैशौर्य का धूप खिल रहा
चश्मा अवश्य सौंदर्यबाधक है।
करे विज्ञान अब चमत्कार कुछ
सौंदर्य शिक्षा संग साथ चले।
बस्ते का बोझ भी बढ़ा हुआ है
काश कुछ बच्चों का वजन घटे!

****

148. एक ही पल में

भरा-पुरा परिवार किसी का, खुशहाली थी ईर्ष्या वाली
भूकंपी झटको ने मिटा दिया सब
सुबह -सवेरे, एक ही पल में....

खेत हमारे हरे-भरे थे, लहलहाते-से अच्छे लगते थे
औचक लेकिन बाढ़ आ गई, डूब गया सारा का सारा
एक ही पल में....

हंसना -खेलना यहां मनुष्य का
गुड्डे-गुड़ियों- सा, गिनती के दिन
अचानक फिर जाना पृथ्वी से
अनबोले ही, अनजाने-से, एक ही पल में.....

बेटा आया कभी शहर में, मां पहुंची पकवान लिए
फिर आंधी -वर्षा, रात अंधेरी, मां सोई थी
फिर सर्पदंश मां की उंगली में
लुट गया सभी कुछ, एक ही पल में......

हंसती -फुदकती-सी वो बच्ची
और बटोरना उसका कनेर के फूल
खेलना ,खुश होना, फिर बेधड़क बिखेर देना
सारे ही वे फूल झूम के..... एक ही पल में.....

असुर शराबी,घर का दुश्मन
खाने की किल्लत,परिवार त्रस्त, गरीबी ओढ़े खुद के कारन
सबको मार खुद मारी गोली
परिवार खत्म, इतिहास कहानी, एक ही पल में.......

अजूबा हर क्षण, अनिश्चित हैं पल
होना जो, हो ही जाना है
बिन कहे-बताए .....एक ही पल में।
****

149. नन्हें अनाथ

नाजुक पौध, नहीं जल छाँव, बिनु मातु-पिता बच्चे बिनु ठाँव
विपदाएं कभी क्यों आतीं ऐसी, अग्नि-तूफान-बाढ़-भूचाल
पूरा ही परिवार निगलता, भू-स्खलन कभी, दुर्घटना, हिमपात
माँ होती आंखों से ओझल, छूट जाता पिता का साथ
छाया पितरों की हट जाती, हो जाते अनजाने नन्हें अनाथ।

कुछ बच्चे होते बड़भागी, किसी संबंधी का मिल जाता साथ
कुछ को अपना लेती सरकारें, अनाथालय ही होते मां-बाप
ऐसे समाज का पाकर साथ, कुछ बच्चे बन जाते हैं इंसान

कुछ के भाग्य प्रबल ना होते , हैं यहां-वहां फिरते अनाथ
गुमनामी का जो जीवन जीते, अनदेखी माँ को करते याद
हे प्रभु ! अबोध बच्चे निर्दोष , देते हो दुख तो करो उपाय।
****

150. महामारी

कभी न ऐसा देखा दुर्दिन
प्रभु आज यह कैसा जीवन!

संक्रामक विपदा की बातें, वर्षों से हम भूल चुके थे
कैसी यह चली बयार, महामारी पहुंची चुप द्वार
फिर विपदा यह आई औचक, घर-घर बच्चे प्रौढ़ चल बसे ।

बचे न कोई सुख के ठांव
रह गए शेष वृद्धो के गांव ।

कहां गई वो चहल-पहल, कहां गए वे खुशी के गांव ?
कौन खेत गायों को देखे, किसके जिम्मे बाग-बगीचे ?
होनहार सब चले गए, डूबी उम्मीदों की नाव।

राहत केंद्र अब रहे ठांव
रह गए शेष वृद्धो के गांव ।

गांव कई अदृश्य हो गए, काल-गाल में कहीं समाए
जग से ओझल परिवार हुए, कुछ वृद्ध अभागे बचे रहे
जलने पश्चात्ताप - अग्नि में, जिएंगे जब तक आजीवन।

सन्नाटे की अब कांव-कांव
कैसा यह बूढ़ों का गांव !

कभी न ऐसा देखा दुर्दिन
प्रभु, आज कैसा यह जीवन!

****

151. बारिश आने वाली है

मयूर आज हैं नृत्य कर रहे
बादल आंगन से गुज़रे हैं
पिया मेरे तुम भी आ जाओ
देश-गांव घूम कर जाओ
कि बारिश आने वाली है, हां ,बारिश आने वाली है।

ताल-तलैया कर रहें पुकार
बुझा दे कोई मेरी भी प्यास
पिया मेरे तुम भी आ जाओ
दर्शन की मेरी प्यास बुझाओ
कि बारिश आने वाली है, हां, बारिश आने वाली है।

वृक्ष आम के लदे पड़े हैं
खेत बूंद की आस धरे हैं
पिया विदेश तुम जाना छोड़ो
आकर अपने खेत संभालो
कि बारिश आने वाली है, हां ,बारिश आने वाली है।

दादुर उछल-कूद करते हैं
खग-मृग सब आशा पाले हैं
पिया परदेसी छुट्टी ले लो
आने का तुम टिकट कटा लो
कि बारिश आने वाली है, हां, बारिश आने वाली है।
****

152. बचपन चौदह का

प्रातः का था समय मनोहर ,उद्यान में मैं भी पहुंचा था
जामुन नीचे भीड़ लगी थी, डंडे पत्थर बेहद सक्रिय थे
बच्चे श्रीफल वृक्ष के नीचे, पके फलों की खोज में थे
रात के टपके किए इकट्ठा, शेष नज़र डालों पर थी।

दूर कहीं एक वृक्ष अकेला, इक्के-दुक्के बेल बचे थे
पके, टपकने को तैयार , नीचे की ही डाल पर थे
पहुंचा था मैं मोर देखने, जो नीम पेड़ ऊपर बैठा था
उमर थी मेरी धोखे वाली, 72 प्रभु ने पार किया था।

नीचे डाल पर पका बेल वह, मन का मेरे आकर्षण था
उसे गिराने धरती पर अब, पत्थर मैंने उठा लिया था
उछाले पत्थर कई बार, प्रयास अंत एक सफल हुआ
पाकर श्रीफल पका हुआ, लगा कि जैसे पुण्य मिला।

बचपन चौदह का खड़ा समक्ष
बहत्तर जाने कहां खो गया !
वानर एक कुछ दूरी पर बैठा
बचपन में मेरे झांक रहा था।

****

153. इंद्र देवता कुछ तो समझो

धूप दिखाते जाड़े में हम, अचार और पापड़ सुखवाते
ऊपर बैठे इंद्र देवता, आषाढ़ में आकर धूप दिखाते।
सूखा अति विकट कहीं, उमस से जीवन मुश्किल है
स्वेद बहाते बीत रहे दिन, वे चुप बैठे हैं आसमान में।
कहीं बरसाते बाढ़ ले आते, जल में डूबे घर लाखों के
या तो चिंता नहीं धरा की, या गणित वहां कमज़ोर है।

बाढ़ का जल सूखे में डालें ,सबको यूं भूखा मत मारें
पानी दें पीने, खेती भर का, कभी ज़रूरत भी पहचानें।
आप तो अमृत पी ही चुके, मनुजों को जल ही अमृत है
इंद्र देवता कुछ तो समझो, मृत्यु लोक से क्यों ईर्ष्या है?
****

154. पीयूष

है किसे पीयूष की अभिलाषा
अमरत्व की किसको चाह रही?
जीव जन्म जब मृत्यु लोक में
अमरता निष्प्रभ निष्प्रयोज्य रही।

हे पीयूष! जलधि- रत्नों के साथी!
रहो तुम देव लोक में स्थित
इस भू पर तो श्रम सुधा इष्ट है
मनुजों के देवता हो जाने तक ।

भूले क्या निकृष्ट असुर प्रयास
हर जतन तुम्हें छीन लेने को
संख्या बल उनकी और बढ़ी है
उन छद्‌मवेशियों को पहचानो।

यह लोक हमारा माया जग है
कर्म का बंधन यहां श्रेष्ठ है
चंद्र सुधा बरसाता हर दिन
श्रम-स्वेद-लब्ध अमृत यथेष्ट है।
************************"*****

155. तकनीक राष्ट्र की

खतरे की घंटी, खतरे की ! व्यवस्था सारी तकनीकी
सारी ही तकनीक राष्ट्र की ,हमारी आज के दिन की
सारे ही हमारे कंप्यूटर , अरबों चलभाष हमारे
रोज बनाते चलचित्रक, लिखते -पढ़ते, बतियाते
इनका परिचालन देखो, सारे ही गैरों के सहारे।

सर्वर सब लाख करोड़ों, नियमन और नियंत्रण
गैरों के सब रहे भरोसे, संभाल रहे अमरीकन
वहां जो होए गड़बड़ , 'अपडेट' नाम से धोखा,
हों शांत सभी कंप्यूटर , 'डाटा' का होए लोचा।

सता रहा डर सबको , ईश बचाए युद्ध न हो
कंप्यूटर बनें खिलौने, और यंत्र सभी चुप हों
बात करन तक तरसें , 'डाटा' वश में ना हो
बंदूक करें ना फायर , प्रक्षेपास्त्र सभी चुप हों
फिर तो युद्ध से पहले, हार देश की निश्चित हो।

समय पर राष्ट्र सजग हो, सोचो, सोचो क्या हो?
या तो प्रलय स्वीकारो, या देसी राह* पकड़ लो
रूस-चीन को देखो, अब अपने पांव खड़े हो।

****

*देसी राह = स्वावलंबन।

156. कंप्यूटर ने रोज़ी छीना!

अपने बाबू बब्बू सिंह को, जानते तो आप भी होंगे
आज रिटायर हुए खुशी से, सरकारी बड़े मैनेजर थे ।
सरकार उनसे ज्यादे ख़ुश है, जान बची और लाखों पाए
रहते तो बढ़ती जाती तनख्वाह, वर्षों तक छुट्टी वेतन लेते।

मध्यावकाश उनका लंबा था , घूम-घूम ककड़ी खाते थे
जनता बैठी चुप करे प्रतीक्षा, मूंगफली चबाते रहते थे ।
अब बचत सरकारी भी होगी, उनकी जगह कंप्यूटर होगा
कंप्यूटर हर पल हाज़िर होगा, जोड़-घटाना सब कर लेगा।

छुट्टी पेंशन अब ना होगी, ट्रांसफर अब इतिहास रहेगा
लोभ-मुक्त कंप्यूटर होगा, अपने सर्वर से मेल रखेगा।
दफ्तर में शांति विराजेगी, हड़ताल कभी भी नहीं करेगा
कंप्यूटर का भी बजट बनेगा, बजट उसी कंप्यूटर में होगा।

अब देखें विडंबना इंसानों की, जिस कंप्यूटर ने रोज़ी छीना
लाया उसको इंसानों ने, और स्वागत भी इंसानों ने किया ।
काम जितना भी करें फटाफट, और चाहे जितनी भी जल्दी
बनाया उसको इंसानों ने ही, चाबी उनके ही पास अभी भी।

****

157. बच्चे, तब के और आज के

‘खेलने जाएं?’ कभी पूछते थे बच्चे
निकल जाते फिर बाहर घर से
खुशी से, उछल-कूद करते।
आज का बच्चा पूछे, ‘खेलूं?’
और बैठ जाता कोने में
लिए मोबाइल हाथ में अपने।

टंगे रहते थे पीठ पर बस्ते
बच्चे पैदल पढ़ने जाते
सेहत संग पढ़ते खेल-खेल में
आज कहीं कर्नल-जर्नल हैं।
अब कूली जैसा बोझिल बस्ता
ऑटो मोटर पड़ी ज़रूरत
विद्यालय अंग्रेजी दूर शहर में
ऊपर से चश्मा आंखों पर।

खुशहाली लाती थीं कभी श्रेणियां
कहीं ‘कोचिंग’ का नाम नहीं था
‘सुसाइड’ नहीं सुना जाता था
अनावश्यक सेहत पर बोझ नहीं था।
अब खेल-कूद को मारो गोली
सौ में बोलो प्रतिशत कितना है!

'आईआईटी', 'नीट, 'आईआईएम'
घर भर का, सबका सपना है।

एक सौ पैंतालीस करोड़ हैं भारतवासी
एक सौ सत्रह ओलंपिक पहुंचे
कुछ तो कहानी स्कूलों की
कुछ घर के सपनों का असर भी है।
****

158. फुहार

आई डोली सावन की
बैठी 'वर्षा ' दुल्हन थी
फूहारों से पथ सजे हुए
मेघों की राजदुलारी थी।

कँहार अनेक साथ में थे
पालकी उनकी भारी थी
जल लदे सर्वजनहित थे
मेघों की पूरी तैयारी थी।

मेघों को देख कृषक हर्षाते
स्वागत में उनके खड़े हुए
फुहार छोड़ते मेघ चल रहे
दुल्हन के सभी घराती थे।

अद्भुत हर साल ससुराल वास
अद्भुत हर वर्ष यह शादी थी
उतरी फिर डोली सावन की
सज-धज बैठी वर्षा दुल्हन थी।

****

159. विजय दिवस मनाने से पहले

आज हमारा विजय दिवस है
सारे भारत का विजय दिवस!
हमारे वीरों का शौर्य दिवस है
आज कारगिल विजय दिवस!

विजय दिवस मनाने से पहले
नमन हमारे उन युद्धवीरों को
हर पल सजग रहे सीमा पर
दुश्मन को दूर खदेड़ दिए जो।

शत्रु जो छल से आ पहुंचे थे
पलायन को मजबूर हो गए
भूमि-लोभ में डंटना चाहे वे
तत्क्षण ही सारे ढेर हो गए।

शत्रुदल के जो काल बन गए
एक-एक दस-दस को मारे
कम पड़े जो शस्त्र कभी तो
शत्रु के सारे ही छीन लिए।

बल से पहले बुद्धि को नमन
साहस वीरों का रहा अप्रतिम

आंखों में प्रतिशोधी आग लिए
दहलाया दुश्मन को हरदम।

बंकर तक उनके किए तबाह
नि:शस्त्र भी घुसकर भीतर
प्राणोत्सर्ग तक किया सहर्ष
पहले किंतु विजय दिलाकर।

लेकिन विजयोत्सव से पहले
बधाई उन माताओं को दे दें
वीरों को जिनने जनम दिया
भारत माता को सबल किया।

बधाई उन ललनाओं को भी
जिनने वीरों को रण में भेजा
भारतभूमि रक्षा की खातिर
सधैर्य तापसी त्याग किया।

बधाई सभी भारतीयों को भी
जिनने निज कर्मों, बातों से
सेनाओं का पूरा साथ दिया
सीमा पर बिना ही गए हुए।

युद्धरत हमारे वीरों का जिनने
अभिनंदन मन-दिल से किया
हर पल उनका उत्साह बढ़ाया
प्रभु से विजय आशीष लिया।

आज हमारा विजय दिवस है
सारे भारत का विजय दिवस !
हमारे वीरों का शौर्य दिवस है
आज कारगिल विजय दिवस!

****

160. बच्चा मेरा स्कूल गया

एक और नया दिन शुरू हुआ, बच्चा मेरा स्कूल गया
रात देर से सोया ही था, गृह कार्य बहुत पूरा करना था
सुबह देर से ज़रा उठा था, होना झटपट तैयार उसे था
नित्य कर्म से शीघ्र निपट कर, दो मग्गे पानी के सर पर
जल्दी कपड़े, कंघी, पॉलिश , गिलास एक दूध का पीकर
मां से खाना-पानी लेकर, सारा ही शीघ्र बस्ते में रखकर
बस्ता क्या कुली का बोझा, आयताकार उर्ध्व नभदर्शी
अल्पाहार और घर का पानी , ठुंसी किताबें रोज के जैसी
भोंपू बजा 'वैन अंकल ' का, भागा बच्चा गोद में बस्ता
पहुंचा अंग्रेजी विद्यालय में, हिंदी से इतर फ्रेंच की चिंता
पढ़-लिख वापस वैन आ गई, फिर ले गृहकार्य बहुत सा
खाना बच्चा बाद में खाया, मुख धो पहले बिस्तर में लेटा
बच्चा मेरा स्कूल हो लिया, एक और दिन बीत गया।

****

161. श्रावण

उद्यानों की शोभा अद्भुत
हरियाली सर्वत्र प्रस्तुत है ।
वृक्ष -वृक्ष की छटा निराली
चातुर्दिक प्रसरित उमंग है।
आम कटहल बरगद गूलर
फल लदे हुए प्रमुदित हैं।
गूलर तन पर गूलर के गुच्छे
कटहल फले आपादमस्तक हैं।
श्रीफल छोटे-छोटे वृक्षों पर
भोले शंकर का वरद हस्त है।

होकर हरियाली से हर्षित
राष्ट्रबिहग भी नृत्य में रत हैं।
सारा खगकुल ख़ुशी मनाता
श्रावणी फुहार से आनंदित हैं।
जब-तब गिरतीं अमृत की बूंदें
धान-खेत झूमते हैं मस्ती में।
कृम-कीट भी अति प्रसन्न हैं
भींगी मिट्टी से निकल पड़े हैं।

उमस से अब तक अलसाई-सी
उठ गई प्रकृति ले अंगड़ाई है।
वर्षा ऋतु श्रावण के आते ही

धर्म-कर्म सब निखर उठे हैं।
ग्रीष्म भयंकर विदा हुआ अब
जल जीवन की आस जगी है।
सुख के संग दुख लगा किंतु है
जलप्लावन से जग चिंतित है।
****

162. अपनी नगरिया

कब जइबें पिया अपनी नगरिया?
दिन - दिन बीती जाए उमरिया।

पेटवा खातिर तू अइल विदेशवा
छूटल देशवा त भइल विदेशिया
कबहूं भुलाई का मेलवा बजरिया?
चल चलीं आपन लेइके गठरिया।
कब जइबें पिया अपनी नगरिया?
दिन - दिन बीती जाए उमरिया।

करब मजूरी पिया अपनी नगरिया
छाइब आपन सपनवा मड़ैया
कइसे भुलाई ऊ रहिया डगरिया
जहंवा ई बीतल मोरि लरिकइयां?
कब जइबें पिया अपनी नगरिया?
दिन - दिन बीती जाए उमरिया।

नगरी के लोगवा ताकेला रहिया
अबहूं ना फिरि अइलें परोसिया
सावन कजरी झुलवा भुलाईल
चलत एहि बेर देखतीं सवनवाँ।
कब जइबें पिया अपनी नगरिया?
दिन-दिन बीती जाए उमरिया।

163. उत्सव के उत्साही क्षण में

आएं आज़ादी का ज़श्न मनाएं
ऊंचे से ऊंचे ध्वज फहराएं।
लहर तिरंगा गगन को चूमे
राष्ट्रगान सब मिलकर गाएं।

इस उत्सव के उत्साही क्षण में
ख़तरों को लेकिन भूल न जाएं।
क्या कुछ बदला नवभारत में
शेष रहा क्या उसकी भी सोचें।

संविधान हमारा सर्वश्रेष्ठ है
लोकतंत्र सर्वाधिक सुंदर है।
धर्मनिरपेक्षता मानवता में भी
पृथ्वी पर भारत सर्वोपरि है।

सेना भी हमारी लाज़वाब है
साहस उसका बेमिसाल है।
जो सम्मुख आया टिका नहीं
चाहे जितने शस्त्र सज्जित थे।

औषधि शिक्षा निर्माण देखिए
नवभारत की लंबी छलांग है।

कुछ तो है पर सदा खटकता
बच्चे भी जिससे वाक़िफ है।

प्रथम तो बंटवारे का पाप
देश अब भी भुगत रहा है।
पाक भिखारी छद्म युद्धरत
बांग्ला उसकी राह चला है।

दूजा ख़तरा देश के भीतर
जयचंदों की कमी नहीं है।
धर्म-जाति विघटन प्रयास
अंदर दुश्मन फ़ौज खड़ी है।

धर्मनिरपेक्ष का मतलब बदला
भ्रष्टाचार कहीं अस्पृश्य नहीं है।
नेता जेल के अंदर या बाहर
समभाव सदा ही सम्मानित है।

निःशुल्क सुविधा का लोभ प्रबल
मिथ्या वादे जन के आकर्षण हैं।
चाहे माफिया या बड़े लुटेरे हैं
उनको भी मिल रहा समर्थन है।

ऐसे में यह देश कहां जाएगा
प्रबुद्ध वर्ग अवश्य चिंतित है।
बढ़ा ख़तरा उस सोच से है
'होने दो, मेरा क्या जाता है?'

164. धागा प्रेम का

एक कड़ी जो सबको बांधे ,सो है धागा प्रेम का
राष्ट्र-समाज के संबंधों का, या परिवारी रिश्तों का
मां-बच्चों के बाद विशेष है, रिश्ता पहले भाई-बहन का
बचपन से ले आजीवन ही, अनोखा मधुरिम ताना-बाना।

संबंधों से संस्कृति निर्मित, संस्कृति है अनमोल ख़ज़ाना
भारत की एक रही परंपरा, रिश्तों को सारे सदा निभाना
हर देश काल में रही चाह, संबंधों को मज़बूत बनाना
राजा-प्रजा या धनी-गरीब हों, रिश्तो संग था जीना-मरना।

दुखद संस्कृति हुई प्रदूषित , आया कलि का नया ज़माना
गुलामी की जंजीरों में बंध, संस्कृति का पश्चिम हुआ ठिकाना
शिक्षा शासन पर रहा असर, अब नृत्य है नंगा विकृतियों का
यत्र नार्यस्तु पूज्यन्ते...........अब कहने भर को कथन रह गया।

नारी सम्मान, बहन का चाहे, कहने को सब मिथ्या है
अखबार व टीवी रोज़ दिखाते, क्या बताएं दिखता है?
परिवार में बेटे शिक्षित हों, स्कूली शिक्षा बेमानी है
पत्नी पति की पथदर्शी हो, सुधरे तभी कहानी है।

****

165. गीता का सभी फिर ज्ञान सुनें

धरा विकल है, अति अकुलानी, दिन-दिन राष्ट्र धर्म की हानि
असुरों का अत्याचार बढ़ रहा, बेबस भक्तों की अकथ कहानी
वंशी धुन बिन यमुना तट सूना, मौन वृंदावन का हर कोना
ना गोपी, न रास, न झूला, निर्वात कदंब तरुओं का रोना
नित नए बन रहे लाक्षागृह अब,कौरव छिपकर वार कर रहे
धृतराष्ट्रों की संख्या बढ़ती हर दिन,पुत्रमोह देश से बढ़कर है
कण-कण प्रसरित कंस बीज,जरासंध जीकर उठ गया पुनः है
नित शत-शत अपराध कर रहे, मूर्ति भंजक सर उठा रहे हैं।

राज धर्म का मतलब बदला,कारागार मंदिर से भी बढ़कर है
भ्रष्टी-लोभी नित आते-जाते,बेशर्मी से अपनी अति प्रसन्न हैं
त्राहि-त्राहि करती मानवता, सुरक्षा -संकट अखिल विश्व में
शिखंडी के धोखे जस के तस हैं, राजनीति में क्रियाशील हैं
भीष्म पितामह बने विदेशी, नित ज्ञान बांटते भारत को हैं
असुरों से पीड़ित होता जब भारत, मौन धरे चुप ही रहते हैं
भेजो किसी युधिष्ठिर को प्रभु, यक्ष प्रश्नों का उत्तर दे दे
पांचजन्य हुंकार भरे प्रभु, गीता का सभी फिर ज्ञान सुनें।
****

166. जीवन का राग

राग जगत से, राग प्रभु से
राग अनोखा, जीवन का राग !

एक मोह माया में लिपटा
दलदल प्रबल आसक्ति का है
दूजा राग ईश को अर्पित
बंधन मुक्त मोक्ष का द्वार।
आसक्ति, सकाम कर्म है बाधा
राग जगत से, जीवन का राग !

समत्व भोग जीव की मुश्किल
राग द्वेष रहित समभाव
राग द्वेष का त्याग हो कैसे
दुनिया के द्वंदों से पार?
स्थितप्रज्ञ नर स्थिर बुद्धि हो
आजीवन कर्म करे निष्काम?
आकर्षण माया ठगिनी का है
राग अनोखा, जीवन का राग !
****

167. तितली

देखा मैंने तितली को
आसमान की छत के नीचे
घोर अंधेरे के पहरे में
आंधी वर्षा से बिना डरे
उड़कर थककर सारे ही दिन
पवन देव की थपकी पाकर
सुध-बुध भी सारा ही खोकर
पत्तों पर कैसे सोती है!

फिर मैंने मनुष्य का सोचा
कितनी सुख-सुविधा की चाह!
ख्वाहिशों की नदी में डूबा
सुरक्षा की भी कितनी चिंता!
वह भी तो एक सदस्य मात्र है
तितली जैसे इस प्रकृति का,
जलचर-नभचर-स्थावर
सबका ही है जिसमें हिस्सा।

****

168. कागज़ की नाव

कठौता का पानी, कागज़ की नाव
कर्मों का खेला और माया का गांव।
डगमग-डगमग कागज़ की कश्ती
हवाओं का झोंका, भंवर मझधार।
खाए हिचकोले, न लांघे किनारा
टकराए तटों से, लौटाए बार-बार।
बीत गया बचपन, आई जवानी
उछाले, डुबोए, तटबंधों की मार।

माया के थपेड़े न रोके रुके हैं
भाग रही नैया, बिना पतवार ।
भाग रहा जीवन, दूर लगे द्वार
जीव है व्याकुल, सागर अपार।
प्रभु का सहारा, होगा उद्धार
सुकर्म ही हमारे, बनेंगे पतवार।
आएगा वो पल, होगा चमत्कार
बनेंगे प्रभु नाविक, खेवनहार।

****

169. पुष्प और प्रेम

पुष्प प्रेम संबंध निराला
स्वागत प्रेम पुष्पों की माला।
पुष्प अभिलाषी प्रभु चरणों का
प्रेम आभूषण प्रेमी युगलों का।
प्रेम लोक का, प्रेम अलौकिक
पुष्प प्रतीक है शुद्ध प्रेम का ।
जग में अद्भुत छटा पुष्प की
सौंदर्य सुगंध प्रेम परिचय की।
खिले प्रेयसी कुसुम कली सी
प्रेम सुगंध पुष्पगुच्छों की।

सुमन अनवरत प्रेम बांटते
पल-पल पवन बिखेरता सुगंध।
पुष्प प्रेम स्वरूप जगत में
निशिदिन अविरम आजीवन।
प्रेमी तो पुष्प करे अर्पित
प्रेयसी अधखिली कली-सी।
कंपित अधर , नयन अधखुले
अरुण कपोल, हर्षित फूलों सी।
बाग- वृक्ष खगकुल अशीष ले
अभिसिंचित अमृत की बूंदों से।

****

170. प्रेम करें

अमृत बूंद बरसते नभ से, हर्षित प्रकृति है आज प्रिए
उमंगों के उत्साही क्षण में, प्रेम पुष्प अब पुनः खिले ।
कुछ न कहें, चुप रहें प्रिए ! आओ पुनः हम प्रेम करें
राधा-कृष्ण जस फिरें धरा, जस राम-जानकी अमर रहें।

प्रेम प्रेम बस प्रेम करें, आओ सखे हम प्रेम करें
संदेही झंझावातों को झटकें, नेह प्रथम नित याद करें।
भूलें ईर्ष्या-द्वेष परस्पर, मधु स्मृतियों की नदी में डूबें
प्रण करें सखे, प्रतिबद्ध रहें, युगों-युगों तक संग रहें।
****

171. हो गई सुबह

सुबह-सुबह खिड़की पर टुक-टुक, चिड़िया मुझे जगाती हैं
प्रात काल निकला है सूरज, रश्मियां मुझे बता जाती हैं
झांकती किरणें भीतर घर के, हंसती मुस्काती सी लगती हैं
चहक रहीं चिड़ियां वृक्षों पर, हो गई सुबह सूचित करती हैं
सतत आभारी कुदरत का मैं, सदा साथ जो रहती है।

आकाश निशा तारों की झिलमिल, नृत्य चांदनी करती है
मेघ कभी बन जाते बाधक, नभ में सेना छा जाती है
गरजकर ढक लेते चंदा को, मौन चांदनी तब रोती है
धरा अश्रु प्लावित तब होती, भू पर नदिया भर जाती है
खेल निराला यह प्रकृति का, पृथ्वी भी हर्षित होती है।

****

172. हे ममतामयी माता

हे ममतामयी माता ! हे देवी अखिलेश्वरी ! प्रसन्न हो
जग सारा तेरी ही संतान, करुणामृत मां बरसा दो ।
'सर्वे भवंतु सुखिनः' सच हो, सभी स्वस्थ हों, सब निर्भय हों
देशभक्ति से देश युक्त हो, जन गण मन में जोश प्रबल हो।

भारत वीरों की वसुंधरा हो, रिपु समस्त थर-थर कंपित हों
निर्बल को मां सबल करो, सर्वहित साधन सभी सुलभ हों।
जिनके अंतस हैं ज्योतिहीन, मां ! दिव्य ज्योति भर दौ
हे ममतामयी माता, त्रैलोक्येश्वरी! त्र्यंबके गौरी प्रसन्न हो!

हे ममतामयी माता ! हे देवि ! सर्वकार्यविधायिनी तुम ही हो
कष्टों का जन-जन में ज्वार प्रबल है, पुनः स्नेह वर्षा मां कर दो।
हे महामाया ! दारिद्र्यदुखभयहारिणि ! सबहीं के कष्ट हरो
हे देवि! नारायणि, करुणामयी! सब भक्तों को सर्वसुलभ हो।

सर्वोपकारकारिणी, सदार्दचित्ता हे! माया से माते मुक्त करो
सबका शिव हो, मंगल हो, शरणागत की पीड़ा सकल हरो।
रोग-व्याधि से मुक्त सभी हों, शांत सभी की वाधाएं हों
हे ममतामयी माता, सर्वशक्तिसमन्विता! अवतरित पुनः हो!

****

173. उदधि पार तुम मुझे कराते

मेरे अंतस में तुम कौन ? हर पल जो बने मुझमें रहते हो
सारी दुनिया कर मेरे समक्ष, स्वयं शांत छिप कर रहते हो।

छोड़ मुझे निस्सीम समुद्र में, आप कहीं मुसुकाते रहते हो
डगमग हिचकोले खाता जब मैं, नैया मेरी तुम धर लेते हो।

कभी तो आते सम्मुख मेरे, जी भरकर तुमसे करता मैं बातें
हाथ मेरे जो खिचीं लकीरें, उनका भी मतलब समझा जाते।

क्या भावी भवितव्य है मेरा, सपनों में मुझको कह जाते
कब तक मैं खाऊं हिचकोले? उदधि पार तुम मुझे कराते।

बैठ शांत तुम हिया में मेरे, रहो न चुप चुप यूँ मुसुकाते
नैया भवसागर पार करा दो, बाँह गहो ले चलो किनारे।
****

भाग 4 - कुछ कहानियां/लघु कथाएं

174. क्या हो गया देश!

प्रशांत गणराज्य। क्या था देश? छोटी-छोटी रियासतें , हजारों राजा , अपने में मस्त। सब की प्रजा, सबकी सेना। आपस में लड़ते रहते। बहादुर थे, बिलासी भी थे। बड़े महलों का शौक था। कुदरत ने संसाधन बहुत दिए थे। नदी, पहाड़, ताल- तलैया, समुद्र ,वन-जंगल। खनिज पदार्थों की कोई कमी न थी । सभी मौसम, सभी ऋतुएं, वर्षा, धूप, सभी कुछ। विद्वानों की कद्र थी। जब दुनिया में कहीं विद्यालय भी नहीं थे, तब वहां के विद्वानों ने गणराज्य में विशाल विश्वविद्यालयों की स्थापना की थी, जहां देश-विदेश के छात्र पढ़ते थे, लेकिन उनमें अधिकांश संभ्रांत कुलीन परिवारों के छात्र ही थे। देश की ज्यादातर जनता अशिक्षित या अल्प शिक्षित थी। ऐसी जनता की भीड़ इकट्ठा कर नकली धर्म का चोला पहन कर नकली बाबा लोग अंधविश्वास का प्रचार करते थे। भीड़ में दुर्घटनाएं आम बात थीं। दूसरी ओर अधिकारी वर्ग भ्रष्टाचार में बुरी तरह लिप्त था, जिसके कारण खराब सड़कें , जलभराव, आगजनी , जर्जर मकान और पुलों आदि के गिरने से जान-माल की हानि आए दिन की बात थी और आम जनता परेशान थी। बिना उत्कोच कोई कार्य संभव नहीं था। एक तरफ विद्वान और शिक्षितजन राज परिवार व शासन के लोगों के साथ थे ,दूसरी ओर अति निर्धन व अशिक्षित एवं राज परिवारों व उनके कर्मचारियों द्वारा सताए हुए लोग थे। एक देश में दो देश, एक प्रबुद्ध किंतु धूर्त एवं चालाक वर्ग, दूसरा गंवारों एवं गरीबों का देश।

रास्ता क्या था? पानी सर से ऊपर चढ़ा तो राज कर्मियों में से ही कुछ लोग विद्वानों को साथ लेकर आंदोलित हुए। धीरे-धीरे सताए हुए गरीबों-गवारों का साथ मिला। विशाल जनांदोलन खड़ा हो गया। राजे-महाराजे देश के बाहर भाग कर शरण लिए। पूर्व राज कर्मी हिरण पाल प्रभु को जनता के समर्थन से प्रधान सेवक नियुक्त किया गया। प्रबुद्धों व विद्वानों में से 10 सदस्यों की एक समिति उनकी सहायता के लिए बनी। राज्य स्तर पर जन सेवा आयोग गठित किया गया, जिसके सदस्यों को प्रतिस्पर्धी परीक्षा में उत्तीर्ण होने के बाद हर जनपद में जनता द्वारा चुने हुए जनपद जनसेवक के नियंत्रण में जनता के ही सहयोग से जन कल्याण के कार्य करने थे। जनपद जनसेवक हर 2 वर्ष पर जन चुनाव द्वारा बदले जाने लगे। अपराधों की रोकथाम हेतु जन सेवा बल गठित हुआ जो जनपदों में जनपद जनसेवक के नियंत्रण में काम करने लगे। उन्हें सिर्फ लाठियां दी गईं। अस्त्र-शस्त्र हर नागरिक के लिए मना था। सारे अस्त्र-शस्त्र राष्ट्र रक्षा हेतु प्रधान जन सेवक के नियंत्रण में थे , जो राष्ट्र रक्षा बल को भी नियंत्रित करता था और राष्ट्रीय स्तर पर उन्हें प्रशिक्षित करवाता था।। प्रधान सेवक 5 वर्ष में जनता द्वारा चुना जाता था और चुने जाने के बाद अपनी कार्य समिति वह स्वयं मनोनीत करता था।

जनता की कोई भी समस्या होती तो उसे जनपद के विशाल मैदान में हर माह के प्रथम दिन एकत्र हो कर घूम -घूम कर उनकी समस्याएं पूछ कर मंच से उनका समाधान आदेश प्रसारित होता और कोई बड़ा अनसुलझा मसला होता तो

उसके लिए प्रत्यक्ष जनप्रणाली की व्यवस्था थी, जिसमें नामित नागरिकों के यहां पोस्टकार्ड भेज कर उनके जवाब एकत्र कर तदनुसार समाधान होता। हर गांव व शहरी मोहल्ले से पांच नागरिक जन प्रणाली समाधान हेतु नामित होते थे और जनपदीय समाधान पंजिका में पत्राचार हेतु उनके नाम पता दर्ज रहते थे।

सारे राजकीय कर्मचारी व न्यायिक अधिकारी जनपद स्तर पर मुख्य जनपदीय जन सेवक द्वारा ही भर्ती किए जाते। तदर्थ सलाह देने हेतु उनके साथ 11 मनोनीत ग्राम जनसेवकों की समिति रहती जो हर साल बदलती। राष्ट्रीय स्तर पर प्रधान जन सेवक को सलाह देने हेतु विभिन्न क्षेत्रों के प्रख्यात विद्वानों एवं विशेषज्ञों की एक मनोनीत समिति रहती जिसमें 10 सदस्य हर वर्ष बदलते। ग्राम स्तर पर हर वर्ष चुने जाने वाले ग्राम सेवक अपने साथ पांच न्याय पंचों को मनोनीत करते जो उसके कार्यों में सलाह देते तथा गांव के विवाद भी सुलझाते।

विकास की इकाई जनपद रखी गई थी। जनपद जनप्रतिनिधि के नियत कर्मचारी राजस्व के कार्य देखते । हर व्यक्ति अपने आर्थिक कार्यकलाप के अनुसार हर माह निश्चित कर जनपदीय राजकोष में जमा करता, जिसका 10% प्रधान जन सेवक के राजकीय कोष में भेजा जाता, जिससे समस्त राष्ट्र के रक्षा एवं संचार कार्यों का निष्पादन संभव होता। शिक्षा की नई व्यवस्था में हर गांव, हर मोहल्ले में राजकीय विद्यालय खुला। हर 20 गांव पर एक महाविद्यालय व जनपद में एक विशवविद्यालय सारे विषयों हेतु खोले

गए और आसपास के विद्वानों एवं विशेषज्ञों को उनमें नियुक्त किया गया। महाविद्यालयों का सत्र समाप्त होने के बाद हर छात्र-छात्रा को 6 माह का सैनिक प्रशिक्षण लेना अनिवार्य किया गया ताकि वे आजीवन अनुशासित रहें और आवश्यकतानुसार राष्ट्र रक्षा हेतु तत्पर रहें। बहुजन की भाषा को राष्ट्रभाषा की मान्यता दी गई तथा विद्यालयों में शिक्षा का माध्यम जनपद की भाषा रखी गई। साथ में विज्ञान, गणित व इतिहास आदि की शिक्षा देने की व्यवस्था हुई। किंतु महाविद्यालयों में द्वितीय भाषा के रूप में एक मुख्य विदेशी भाषा पढ़ना ऐक्षिक रखा गया। उत्कोच लेने वाले का नाम आजीवन काली सूची में दर्ज होता तथा न्यूनतम 10 वर्षों का सश्रम कारावास उसके लिए तय था। इस व्यवस्था से अगले 50 वर्षों में फिर प्रशांत गणराज्य देश दुनिया का अग्रणी राष्ट्र बन गया। सभी सुखी व संतुष्ट थे। दुनिया कहती .....क्या था और क्या हो गया देश!

****

175. परिचय

हाल ही में प्रातः कालीन उद्यान भ्रमण के समय अचानक ही प्रथम बार एक अत्यंत दिलचस्प सज्जन व्यक्ति से मुलाकात हुई । कोई पालीवाल जी थे। मैं किसी नीम के वृक्ष से कुछ नए पत्ते तोड़ रहा था चबाने के लिए ,डाल कुछ ऊपर थी, मैं उछलकर पकड़ने की कोशिश कर रहा था। तब तक वह सज्जन मेरे पास आए, "पत्ते चाहिए क्या आपको?" उनकी लंबाई मेरे से कुछ अधिक थी। एक टहनी पकड़ कर मेरे सामने कर दिए।

मेरे पत्ते तोड़ लेने के बाद मेरे साथ ही टहलने लगे। वार्तालाप का सिलसिला चला। बताने लगे किसी वैज्ञानिक अनुसंधान संस्थान से सेवानिवृत हुए थे हाल ही में । सेवा के दौरान उनका कार्य बड़े गंभीर क़िस्म का था। दिनभर उसी में खोए रहते थे। घर आकर भी अनुसंधान से संबंधित तमाम बातें मस्तिष्क में डेरा डाले रहती थीं। कुल मिलाकर जीवन बड़ा स्वतंत्र नहीं था। आप बता रहे थे , खूब घूमते हैं, लोगों से मिलते-जुलते हैं, नए लोगों से परिचय होता है। कहीं गीता पाठ के किसी ऑनलाइन क्लास से भी जुड़े हैं ,जो शायद सप्ताह में चार दिन सुबह-सुबह होता है। थोड़ी बहुत जानकारी उन्हें संस्कृत की विद्यालय के समय की है। शेष ऑनलाइन कक्षा के आचार्य जी श्लोक का संधि विच्छेद कर अर्थ के साथ समझाते रहते हैं। मुझे बड़ी खुशी हुई ऐसे सज्जन से मिलकर जिन्हें संस्कृत, अध्यात्म और श्री गीता में विशेष रूचि है, राजकीय सेवा से निवृत होने के बाद

भी। उन्होंने मेरा नाम पता पूछा और यह भी कि आप यहीं कहीं पास में रहते हैं क्या? वह कहीं पांच किलोमीटर दूर से अपनी दुपहिया से मेरे पार्क में आए थे। बीच में कुछ लोग टहलते बगल से गुज़रे। उनमें से एक ने उनसे कहा कि इनके यहां जाकर चाय जरूर पीजिएगा। मैंने सोचा ये सज्जन इतनी दूर से आए हैं , फिर ये लोग इनको कैसे पहले से जानते हैं! खैर, जब मैंने उन्हें बताया कि मैं यहीं बगल में पार्क के पास ही रहता हूं, तो उन्होंने कहा मैं भी आपके साथ चलता हूं, आपका घर देख लूंगा और चाय भी पी लूंगा। मुझे बड़ा अजीब लगा। पहली ही मुलाकात में 'मान न मान , मैं तेरा मेहमान।' जब तक मैं कुछ सोचूं तब तक वे पार्क से निकलने लगे, ' चलिए चलते हैं आपके साथ' और अपने स्कूटर पर बैठाकर मेरे बताए रास्ते से झटपट बगल में मेरे घर पहुंच गए। मुश्किल से 15-20 मिनट रुक कर एक कप चाय पिए, कुछ बातें करते रहे और चल दिए। पालीवाल जी का व्यक्तित्व मुझे बड़ा रहस्यमय लगा, क्योंकि उसके बाद वे कभी दिखे नहीं।

बाद में पार्क में कुछ लोगों ने बताया कि उनके यहां भी इसी तरह अचानक चाय वाली छापेमारी हो चुकी है। उनका कहना था कि दूर-दूर दूसरे पार्कों में सुबह-शाम जाना और इसी तरह नए-नए लोगों से परिचय करना तथा उनके यहां जाकर चाय पीना उनका एक शौक है , उनकी आदत बन गई है। कहते हैं दुनिया गोल है, घूम फिर कर लोग मिल जाते हैं। मुमकिन है फिर कभी उनसे औचक इसी तरह मुलाकात हो जाए।

****

176. अग्रिम ज़मानत

छोटे से पहाड़ी राज्य का बड़े रकबे वाला एक बड़ा सा तहसील और उस तहसील में एक छोटा सा कस्बा। कस्बे के काले चौधरी अपने रंग से कम अपने काले कारनामों के कारण अधिक मशहूर थे। उनकी तमाम अच्छी आदतों में से एक सबसे अच्छी आदत या कहिए उनका सबसे प्रिय शौक था सरकारी ज़मीन पर कब्ज़ा करना और इसी तरह सालों से एक बहुत लंबा चौड़ा बगीचा उन्होंने सरकारी जमीन पर विकसित कर लिया था। सरकारी अमला भी भूल ही गया था कि वह बगीचा सरकारी संपत्ति है। अचानक संबंधित विभाग के लोगों की नींद टूटी। अपने कागज़ात देखे और एक दिन वहां नोटिस चिपका दिया कि सरकारी जमीन है, इसे एक सप्ताह के अंदर खाली करें। खाली इसलिए कि उसके अंदर एक आरामगाह भी बना था, बैठकें होती थीं, लोग आते जाते थे, सियासत भी होती थी। खैर, जिस दिन सरकारी अमला कब्जा लेने आया, उस दिन तमाम लोग वहां पहले से ही छिपे बैठे थे। उन्होंने अचानक अधिकारियों-कर्मचारियों पर हमला बोल दिया। उनकी गाड़ियां जला दी, खूब पत्थर और लाठी- डन्डे चलाए। बहुतेरे कर्मचारियों को चोटें लगीं जिन्हें अस्पताल में भर्ती करना पड़ा। सरकारी गाड़ियां जलाई गईं सो अलग। फिर तमाम थानों की पुलिस बुलानी पड़ी। कुछ लोग सीसीटीवी वगैरा देखकर पकड़े गए। लेकिन मुख्य कर्ता-धर्ता, सारी खुराफ़ातों की जड़ ,काले चौधरी का कहीं पता नहीं था। पता नहीं कब फरार हो गया। उसकी गिरफ्तारी के

लिए पुलिस की कई टीमें घूम रही थीं।

हफ्ते भर बाद पुलिस को कुछ सुराग मिला कि स्थानीय न्यायालय में उसने अपने वकीलों से अग्रिम ज़मानत के लिए अर्जी लगाया है और उसमें उसका नया पता लिखा हुआ है ,वह पता जहां कि वह बाहर किसी दूसरे शहर में छिपा हुआ था। फिर क्या था! पुलिस उसकी गिरफ़्तारी के लिए पहले ही काफ़ी परेशान थी। विभाग के काफ़ी लोग अस्पताल में गंभीर चोट के साथ पहले ही भर्ती थे। पुलिस आंधी-तूफान की तरह दूर के बड़े शहर में उसके नए पते पर पहुंची और उसे गिरफ्तार कर कोर्ट में पेश कर जेल भेज दिया। ज़मीन पर सरकारी कब्ज़ा भी हो गया। चौधरी के चमचों का मानना है कि चौधरी के वकीलों ने ही पुलिस की मदद की है, क्योंकि जानबूझकर उन्होंने अग्रिम ज़मानत की अर्जी में उसके उस जगह का नया पता डाल दिया जहां कि वह छिपा हुआ था, जबकि उन्होंने स्थानीय पता लिखने की बात कही थी। अब कहते रहें। वकील भी तो देश के सम्मानित नागरिक हैं। किसी आतताई या माफिया के खिलाफ पुलिस की मदद करना भी तो उनका कर्तव्य है ही। अपराधियों का साथ देना जरूरी तो नहीं।

****

177. आज खेलेंगे

यूरोप का एक शहर। शनिवार तथा इतवार हर सप्ताह स्कूल के भी छुट्टी के दिन होते हैं। आज शनिवार का दिन बच्चों के खेलने का दिन था। कई दिनों की बर्फबारी के बाद आज धूप निकली थी। मोहल्ले के 10 बच्चे जो सभी 8 से 10 साल वाले छोटे बच्चे थे, बड़ी खुशी से सुबह ही खेलने की तैयारी में जुटे थे। सबसे पहले हर एक ने अपने घर में खेलने का कार्ड बनाया। ऊपर लिखा "आज खेलेंगे"। बीच में लिखा समय दिन में 11 से 12 बजे तक और स्थान की जगह मोहल्ले के पार्क का नाम लिख दिया। फिर कार्ड के पीछे अपने सभी नौ दोस्तों का नाम लिखा। अब सभी ने जैसा कि हर सप्ताह उन्हें करना होता है अपने माता-पिता से खेलने की इजाज़त ली और अपने-अपने निमंत्रण के कार्ड शेष नौ लड़के-लड़कियों के घर जाकर दे आए।

8 साल के बुन्नू भी अपने भारतीय माता-पिता के साथ यूरोप में बस गए थे और वहीं पढ़ और पल रहे थे। उन्होंने दीवार घड़ी में देखा 11 बजने में कुछ ही मिनट शेष थे। पड़ोस की ज़ेनी उन्हें बुलाने भी आ गई थी। फिर क्या था! माता-पिता से विदा लेकर कूदते-फांदते अपने दोस्तों के साथ पार्क में खेलने के लिए ज़ेनी के साथ घर से बाहर निकल पड़े।

****

178. परीक्षा की कॉपी

श्री रामनाथ गुलाटी जी शिक्षा परिषद के परीक्षक थे। कॉपियां मिली थीं जाँचने के लिए। कॉपियां जँच गईं ।सबके अंक उन्होंने भर दिया अंक पत्र पर। लेकिन बंडल बांधने के बाद मंद-मंद मुस्कुराने लगे। मुस्कान का राज़ एक परीक्षार्थी का पत्र था, जो उन्हें उसकी उत्तर पुस्तिका के अंतिम पृष्ठ पर लिखा हुआ मिला था । उसकी विनती थी " सर जी मुझे इस बार पास जरूर कर दीजिएगा। मैं इसी विषय में बार-बार फेल होता हूं जिसकी वज़ह से शिक्षक की नियुक्ति मेरी नहीं हो पाती है।" शायद शिक्षकों के ही प्रशिक्षण का कोई कोर्स था, जिसकी उत्तर पुस्तिका का बंडल गुलाटी जी को मिला था मूल्यांकन करने के लिए। वह मुस्कुरा क्यों रहे थे ? वह पत्र उन्हें उत्तर पुस्तिका के अंत में मिला था। तब तक मूल्यांकन पूरा हो चुका था और परीक्षार्थी सफल भी हो गया था संबंधित विषय में। उन्हें खुशी थी कि पुण्य का कार्य हुआ। परीक्षार्थी के होठों पर भी मुस्कान खिलेगी। किंतु यदि यह पत्र उन्हें उत्तर पुस्तिका के प्रारंभ में मिला रहता और उससे वह प्रभावित होकर अंक देते, परीक्षार्थी सफल होता, तो उन्हें लगता कि परीक्षार्थी स्वयं के परिश्रम से सफल न होकर उनकी कृपा से सफल हो पाया है और इस बात का विषाद उनके मन में रहता। अब जब वह स्वयं ही सफल हो चुका है तो वे पाप और पूण्य की विरोधाभाषी दुविधा से मुक्त हो चुके हैं। उनकी मुस्कान का राज़ भी शायद यही था।

179. मोबाइल और कुत्ता

अब मोबाइल का कुत्ते से क्या संबंध हो सकता है ? कुत्ते को न तो फोन करना है और न ही उसकी आवाज़ से कोई कष्ट है। घर- बाहर हर कदम पर बजता ही रहता है। लेकिन चंद्रदीप मुखीजा ने दोनों में संबंध जोड़ दिया था ।चंद्रदीप इंटर का छात्र था। अपना बस्ता पीठ पर बांधे हुए अपने पास के ही विद्यालय तक पैदल जा रहा था। फोन का शौकीन बहुत था। रो-गाकर पिताजी से कम कीमत वाला एक फोन पा भी गया था। वही देखते हुए समय का सदुपयोग करता विद्यालय की ओर बढ़ रहा था। अचानक हलचल मच गई। भौं-भौं की तेज़ आवाज के साथ सड़क के किनारे बैठे कुत्ते ने पैर पकड़ लिया था और पैर में अपने नुकीले दांत गड़ा दिए थे। खून रिसने लगा था।

मोबाइल देखने के चक्कर मे चंद्रदीप ने सड़क के किनारे चुपचाप बैठे कुत्ते को नहीं देखा था और उसका पैर उसके ऊपर पड़ गया था। कुत्ता इस तरह की बेअदबी कैसे बर्दाश्त कर सकता था? वह अपने को किसी शेर से कम कब समझते हैं, जब वह किसी गली में बैठे रहते हैं और वह उसकी अपनी गली होती है, जहां वह रात-दिन का पहरेदार होता है। लेकिन चंद्रदीप को तो इस बात की सीख तब मिली जब कुत्ते के काटने के बाद लोगों ने उसी के मोबाइल से उसके पिता को फोन किया और वे दौड़े भागे उसे अस्पताल ले गए, जहां डॉक्टर ने पहली सुई लगाने के बाद कहा कि

कुछ इसी तरह के इंजेक्शन और लगेंगे बच्चे को निरापद करने के लिए, क्योंकि कुत्ते ने काटा है इसे, इसको साधारण घाव न समझें।

****

180. पांच सेर अनाज

वर्षों बाद मैं गांव आया था। सोमारी मुझे बिल्कुल बदला हुआ दिखा। सोमारी और गौरी की कथा जो गांव वालों ने मुझे बताई वाकई बड़ी दिलचस्प थी।

उसका जन्म सोमवार को हुआ था तो मां बाप ने उसका नाम सोमारी रख दिया। सोमारी गांव के बेसिक पाठशाला में भेजा जाता, लेकिन पढ़ता कुछ न था। भाग कर खेतों में पहुंच जाता। जो भी चना मटर गन्ना आम अमरूद जामुन पाता, खाता -फेंकता रहता। किसी तरह कुछ जोड़ना घटाना सीख पाया। आगे माता-पिता रहे नहीं। चार बीघा खेत और कुछ महुआ के पेड़ों के साथ सोमारी अकेला रह गया। दो बहनें थीं, शादी हो चुकी थी। भाई कोई न थे। बहुत जल्दी ही बड़ी बहन ने पास के गांव में गौरी से उसकी शादी करा दी। गौरी भली महिला थी। वह घर संभालती और पति खेती देखता।

सोमारी तीन बीघे खेतों में अनाज बोता और एक बीघे में पिता की तरह मौसमी सब्जी उगाता-बेचता रहता, जिससे कपड़े आदि का ऊपरी काम निपट जाता। साल में एक बार कुछ महुआ बेचकर भी पैसे मिल जाते, लेकिन यही महुआ गौरी के लिए दुख का कारण बन रहा था।

गांव के पटवारी चाचा गांव वालों से महुआ खरीद कर बाहर

ट्यूबवेल पर शराब बनाते। वे सोमारी का महुआ भी खरीदते ।कभी-कभी ट्यूबवेल से गुजरते सोमारी को बुलाकर उसे भी थोड़ी शराब चखा देते। धीरे-धीरे सोमारी की आदत बिगड़ी, रोज पीने लगा। पैसों की कमी होने लगी। धीरे-धीरे उसने दो बीघा खेत पटवारी को ही बेंच दिया। इधर एक बच्चा भी परिवार में आ गया था जो 2 साल का हो चला था। गौरी ने पहले समझाया, फिर खूब लड़ी- झगड़ी। तय हुआ कि अब वह नहीं पिएगा।

अब घर में शांति थी। हालांकि गौरी जानती थी कि कभी-कभी अब भी वह छिपकर ट्यूबवेल पर जाता था। एक दिन बात फिर बिगड़ी। घर में अनाज कम ही बचा था जब सोमारी ने गौरी से 5 सेर अनाज मांगा बेचने के लिए। गौरी समझ गई वह पीने का जुगाड़ बना रहा है। उसे बहुत गुस्सा आया। एक तरफ घर में नल गड़ाने के पैसे नहीं जुट पा रहे थे। उसे बाहर कुएं से पानी भरकर घर के आंगन में लाकर नहाना पड़ता था। दूसरे 2 साल का बेटा हो गया। वह एक गाय खरीदना चाहती थी, सो हो नहीं पाता था और ऊपर से यह अब भी अनाज बेचकर पीने का शौक पूरा करना चाहता था। उसने एक बड़ा निर्णय लिया। कही कि तुम घर पर बैठो, मैं अनाज बेच कर पैसे लाती हूं। फिर उसने उसके सामने ही पांच सेर अनाज निकाला और दुकान पर चल पड़ी। साथ में बेटे कार्तिक को भी लेती गई, यह कहकर कि उसे भी दुकान से कुछ खाने को दिला देगी।

दुकान से पैसे लेकर वह सीधे गांव के बाहर सरकारी सड़क पर पहुंची और वहां बस पर बैठकर मायके पहुंच गई। मायके

वाले अधिक संपन्न थे। उसने पिता से कह दिया कि अब यहीं रहूंगी और बच्चा बड़ा होगा तो यहीं हाई स्कूल में पढ़ेगा।

उधर सोमारी को जब बस से उसकी यात्रा का पता चला तो वह ससुराल पहुंच गया। खूब मनुहार किया, डॉट भी खाई, क़समें खाया और अब कभी भी न पीने का वादा कर उसे घर ले आया।

धीरे-धीरे सोमारी में सुधार होने लगा। गाय भी आ गई और आगे चलकर उसने और खेत भी खरीदा। जिंदगी की गाड़ी फिर सही दिशा में चल पड़ी। बेटा कार्तिक शहर के कॉलेज जाने लगा था। गौरी ने माता गौरी और भगवान भोले शंकर को धन्यवाद दिया।

****

181. तीन महीने का नरक

नरेश एक सीधा-सादा सज्जन व्यक्ति मोहल्ले में नाई की दुकान पर काम करता था और परिवार के साथ दो कमरे के एक जीर्ण-शीर्ण मकान में रहता था। पता नहीं परिस्थितियां कैसे करवट लेती हैं कि एक दिन सर्दी के दिनों में शाम के धुंधलके में जब वह दुकान से अभी-अभी घर पहुंचा ही था कि पुलिस वाले आंधी-पानी की तरह दौड़े आए और किसी लड़के के इशारे पर उसे पकड़कर थाने लिए गए। पड़ोसी के घर के सामने अंधेरे में खड़ी एक मोटरसाइकिल भी पुलिस वाले थाने में ले जाकर जमा कर दिए। आरोप यह कि मोटरसाइकिल चोरी की थी और उसे चौराहे से नरेश चुरा कर लाया था। गवाही चौराहे के अनजान लड़के ने दी थी जिसने अंधेरे में किसी को पास के चौराहे से मोटरसाइकिल लेकर भागते देखा था और उसका कहना था कि चोर का हुलिया नरेश से मिलता था जो मोहल्ले के इसी घर में घुसा था। नरेश के पड़ोसी और उसकी दुकान वाले लाख कहते रह गए कि नरेश चोर नहीं है और वह तो अभी-अभी दुकान से घर आया था, लेकिन पुलिस ने एक नहीं सुनी। दूसरे दिन नरेश की मजिस्ट्रेट के सामने पेशी हुई और उसने पुलिस की कच्ची गवाही पर विश्वास करते हुए नरेश को जेल भेज दिया।

नरेश की पत्नी दो-तीन दिनों तक रोती रही। फिर पड़ोसी के कहने पर उसने ज़ेवर बेंचकर एक वकील का प्रबंध किया।

वकील ने पाया कि नरेश तो मोटरसाइकिल चलाना ही नहीं जानता था और न ही पुलिस ने या मजिस्ट्रेट ने उसका वाहन चालक का लाइसेंस देखा था। लाइसेंस उसके पास था भी नहीं। जब यह बात न्यायालय के संज्ञान में लाई गई तो पुलिस को पुनः तहक़ीकात करके महीने भर के अंदर रिपोर्ट देने का आदेश हुआ। पता लगा उसी मोहल्ले में कुछ आगे एक जैकब नाम का मोटर मैकेनिक रहता था जो रोज शराब की दुकान पर चौराहे जाता था और पहले भी बाइक की चोरी करते पकड़ा गया था। वह शक के घेरे में आ गया। पूछताछ में उसने कबूला कि उस ठंडी शाम को पीने के बाद वह बाहर खड़ी बाइक ले आया था, लेकिन कुछ लोगों के मोहल्ले की तरफ दौड़ने का शोर सुनकर वह अंधेरे में बाइक नरेश के घर के पास ही छोड़कर आगे भाग कर अपने घर आ गया था। पुलिस को यह समझते देर नहीं लगी कि उसी समय नरेश नाई की दुकान से पैदल घर पहुंचा होगा जिसे बाइक के पीछे दौड़ लगाते गवाह ने घर में घुसते देखा होगा ।बाहर खड़ी मोटर- साइकिल भी वहीं मिली थी। यदि नरेश ही चोरी करता तो गाड़ी अपने घर के पास बाहर क्यों छोड़ देता ।और सबसे बड़ी बात यह कि उसे गाड़ी चलानी भी नहीं आती थी। पुलिस को अब अपनी गलती का एहसास हुआ और अब जैकब को पकड़ कर न्यायालय में प्रस्तुत किया। इस बीच नरेश को जेल की कोठरी से बाहर आने में तीन महीने लग गए।

नरेश को रह-रहकर अब भी जेल की वह कोठरी याद आ जाती जिसमें हवा के लिए आसमानी छत से चिपकी हुई एक बेहद छोटी सी किंतु मजबूत लोहे वाली खिड़की लगी हुई थी

और जिसमें नीचे फर्श पर सिर्फ सोने के लिए एक दरी के सिवाय और कुछ भी नहीं था । उस कोठरी से सुबह-शाम लगभग आधे घंटे के लिए पहरे में बाहर निकाला जाता था। ये यादें उसे परेशान करती थीं। यह तीन महीने का नरक उस गरीब को किस बात की सज़ा थी, वह अपने मन को कैसे समझाता !

****

182. नारियल पानी

श्री भगवान रोज प्रातः उद्यान भ्रमण पर निकलते। वापसी में उन्हें सड़क के किनारे एक पार्क की दीवार से सटे हुए खुले में एक नारियल पानी वाला रोज ही दिखता। बिल्कुल सुबह-सुबह रोज ही यह दुकान दिखती। कभी उधर से दोपहर या देर शाम निकलते तब भी एक तख्त पर उन्हें वही नारियल का ढेर और वह गहरे सांवले रंग का अच्छी कद-काठी का व्यक्ति लोगों को नारियल पानी पिलाते मिलता ।उन्हें वहां एक फोल्डिंग चारपाई भी पार्क की दीवार से सटी खड़ी मिली। एक पुरानी प्लास्टिक की कुर्सी भी थी, जिस पर वह खाली समय में बैठता होगा, अन्यथा कोई ग्राहक बैठ जाता होगा। उन्हें लगा रात में भी वह वहीं सोता था। फिर वह घर कब जाता होगा? नहाता-धोता कब और कहां होगा? शायद वह रोज नहाता भी नहीं होगा।कुछ दूर आगे उसी मुख्य मार्ग पर श्री भगवान का भी एक लंबा-चौड़ा दो मंजिला आवास था, जहां दो चौकीदार सदा रहते थे और उनके लिए गेट पर ही एक छोटी सी शरणस्थली भी थी, नहाने-धोने की व्यवस्था के साथ ।आज उनके मन मे उत्सुकता जगी उसके बारे में जानने की और वह भी नारियल पानी पीने के बहाने उसकी तख्तनुमा दुकान पर पहुंच गए। सड़क के किनारे तो था ही।

पता चला नारियल वाले के परिवार में और कोई सदस्य था ही नहीं। कुछ ही दूर लगभग 4 किलोमीटर पर महुआनी

बाग में उसका एक कमरा था जरूर, लेकिन उसमें अब ताला लगा हुआ था। अभी कुछ महीने पहले कोरोना महामारी की चपेट में आकर वहां उसके साथ रह रहे इकलौते बेटे और बहू चल बसे थे। उसके बाद वहां वह कभी जाता नहीं था। दुकान के पास चौराहे पर नगर निगम के जनसुविधा केंद्र पर नहा-धो लेता था और वहीं के जनता होटल में दोनों समय भोजन कर स्वयं की प्राण रक्षा कर पा रहा था। यह सड़क की दुकान ही शेष जीवन के लिए उसका समाधान थी ।श्री भगवान ने देखा तख्त के नीचे एक बैटरी पड़ी थी जो उसने रात में कुछ समय की रोशनी के लिए किराए पर ले रखा था। उसी से अपना पुराने मॉडल का छोटा मोबाइल फोन भी चार्ज कर लेता था। बाकी सड़क पर खंभे पर नगर निगम की लाइट तो थी ही। यह सब जानकर श्री भगवान का मन द्रवित हुए बिना नहीं रह पाया। उनके दरवाजे पर तमाम चमकीले वस्त्र पहने लोग दान या चंदे के लिए बहुत आते थे, लेकिन शायद ही कभी उन्हें ऐसा कोई वास्तव में परेशान व्यक्ति याचक के रूप में दिखा हो। कोरोना जैसी भयंकर आपदा में अपना सब कुछ खोने के बाद भी नारियल वाले के संघर्ष एवं स्वाभिमान ने उनका दिल जीत लिया।

आगे श्री भगवान ने उससे कहा, "यहीं पास में सड़क की इसी पटरी पर मेरा घर है। तुम चाहो तो वहां भी दुकान लगा सकते हो। हमारे चौकीदारों के साथ रह भी सकते हो। यहां के ग्राहक भी वहां आ जाएंगे और उधर चौराहे के लोग भी आयेंगे। यदि तुम्हें कोई दिक्कत न हो तो कल से मेरे यहां अपनी दुकान सजा लो।"

नारियल वाले को श्री भगवान में साक्षात भगवान के दर्शन हो रहे थे। वह चरणस्पर्श करने को आगे बढ़ा तो उन्होंने तुरंत आगे बढ़कर उसे रोक दिया और उसको अपने साथ लिए गए।

****

183. आवेश, बहू का

गुनवंती अच्छे घर की लड़की थी। अच्छे संस्कारों में पली,पढ़ी- लिखी। दुर्भाग्य उसका कि उसकी शादी उसी शहर में एक रिटायर्ड थानेदार शिव मंगल जी के यहां हो गई। शिव मंगल जी और उनका बेटा तो ठीक ही था, लेकिन उनकी पत्नी लीलावती देवी यानी गुनवंती की सासू जी की लीला ललिता पवार जैसी थी। फिल्मी नहीं, वास्तविक। कुछ सासुओं का दहेज़ से पेट नहीं भरता। लीलावती को भी मिला तो बहुत कुछ था, लेकिन वह आदतन रोज गुनवंती को कुछ न कुछ सुनाती रहती, "टीवी आजकल नेट वाली आती है, वही लाई होती तो अच्छा था। कार भी नए मॉडल का नहीं दे पाए जिसमें बटन दबाने पर छत अपने आप खुल जाती है। सोफ़ा व डाइनिंग भी ज्यादा तड़क-भड़क वाला नहीं देकर जो सबके यहां आता है वैसा ही दे दिए।" सुनते-सुनते सदा शांत रहने वाली गुनवंती बहू एक दिन प्रबल आवेश में आ गई और उसी समय रसोई के खलबट्टे का पतला-सा लेकिन लोहे का मजबूत बेलन लीलावती देवी के सर पर जोर से पड़ा। बेलन ने अपना काम कर दिया। चिल्लाती-गरियाती कर्कशा नारी नीचे गिर पड़ी। अस्पताल यात्रा के बाद अनचाही अंतिम यात्रा पर निकलना पड़ा।

थानेदार साहब मजबूरन प्राथमिकी दर्ज कराए। आज बरसों बाद गुनवंती जेल की कोठरी में पड़ी हुई उस समय के अपने क्षणिक आवेश को कोस रही थी," काश! उसे जीवन में उस

सासू मां के दर्शन न होते जो भारतीय साहित्य में सर्वाधिक बदनाम है!"

****

184. खेल

विवेक और धनेश। दोनों कक्षा 11 के छात्र थे। एक ही विद्यालय में। काफी अच्छा विद्यालय। दोनों पढ़ने में भी बहुत अच्छे। अच्छे मित्र भी। धनेश ज्यादा पैसे वाले परिवार से आता था, लेकिन दोस्त दोनों पक्के थे। धनेश विवेक के मना करने पर भी उसे स्कूल में मध्यावकाश में आइसक्रीम जरूर खिलाता। परीक्षा व टेस्ट में अंक दोनों के आसपास ही होते, कभी दो-चार अंक किसी का कम, तो किसी का ज्यादा। लेकिन वार्षिक परीक्षा में विवेक के 95% आए और धनेश के 90%। तबसे अचानक धनेश भीतर ही भीतर दुखी रहने लगा। ऊपर से सामान्य बना रहा। इधर वह विवेक को आइसक्रीम के लिए भी नहीं पूछता। कहता उसका गला ठीक नहीं है।

खैर, विद्यालय में परीक्षा फल घोषित होने के दो सप्ताह बाद फिर से नई कक्षाएं प्रारंभ हो गईं । प्रारंभ में अभी सभी किताबें पूरी नहीं मिली थीं । एक दिन स्कूल परिसर में फुटबॉल का आयोजन हुआ। 11वीं व 12वीं के ही कुछ छात्र टीम में शामिल थे । विवेक और धनेश भी अच्छे खिलाड़ी थे और वे दोनों ही एक दूसरे के प्रतिस्पर्धी पक्ष में शामिल थे। खेल रोमांचक मोड़ पर था। हार-जीत का फैसला निकट था। औचक ही धनेश की गेंद बहुत जोर से सीधे विवेक के सर में लगी। विवेक गिर पड़ा। अचेत हो गया। नीचे मैदान में कोई कंकड़ पड़ा था जो उसके माथे में धंस गया

और रक्तस्राव होने लगा। खेल बंद घोषित हो गया। शिक्षक विवेक के पिता को फोन करके उसे डॉक्टर के पास लेकर भागे। धनेश घड़ियाली आंसू बहा रहा था। सबको लगा कि खेल-खेल में ऐसा हुआ था। लेकिन ऐसा था नहीं। सबके केंद्र में धनेश के मन में पल रही ईर्ष्या की भावना ही वास्तविक कारण थी, यह कोई नहीं समझ पाया।

****

185. उल्टा अखबार

सीमा शुल्क विभाग (Customs) के चार निरीक्षकों का दल अपने सिपाहियों के साथ किसी सीमावर्ती रेलवे स्टेशन पर बड़े असमंजस में था। सोने के पांचो तस्कर कहां गायब हो गए?क्या किसी और तरीके से देश के भीतर पहुंच गए? हुआ यह कि उन्हें अपने अधीक्षक के माध्यम से स्वर्ण तस्करों की पक्की सूचना मिली थी जो किसी तरह चेक पोस्ट बचाकर अगल-बगल के गांवों से भारी मात्रा में विदेशी स्वर्ण बिस्किट लेकर देश में प्रवेश कर चुके थे और पास के किसी बड़े शहर में ट्रेन और फिर सड़क मार्ग से जाकर डिलीवरी देनी थी। तस्कर बचने के लिए पहला स्टेशन छोड़कर दूसरे स्टेशन से भीड़ वाले सामान्य डब्बे में अलग-अलग बैठकर जाने वाले थे ।आसूचक पहले नियत डब्बे में जाकर एक नज़र देख आया । उन पांच में से कोई चेहरा नहीं मिला। गाड़ी चलने ही वाली थी। निरीक्षकों ने ट्रेन में चलने का फैसला किया और आगे के स्लीपर डब्बे में देखना शुरू किया। कुछ स्टेशन जाने के बाद एक स्लीपर डब्बे में एक निरीक्षक अति साधारण वस्त्रों में एक नौजवान को हाथों में चेहरे के सामने अखबार रखकर पढ़ते देख चौंक गया, क्योंकि वह अखबार उल्टा पकड़े था। निश्चित तौर पर वह अखबार पढ़ नहीं रहा था। यदि अनपढ़ था तो अखबार पढ़ने का प्रश्न ही नहीं था और पढ़ सकता था तो उल्टा नहीं पकड़ता। निरीक्षक को यह समझते देर नहीं लगी कि वह अखबार सिर्फ चेहरा छिपाने के लिए ही पकड़ा होगा ।

अधिकारी को देखकर घबराहट में उसे उल्टे-सीधे का ध्यान नहीं रहा होगा।

उस अधिकारी ने अपने अन्य साथियों और सिपाहियों को इशारा किया । आसपास बैठे कुछ तस्कर तुरंत खड़े होकर पहले ही ट्रेन से उतरने के लिए दरवाजे पर पहुंच गए। उनकी नज़र सरकारी लोगों पर ही थी। वे सभी पकड़े गए , जिन्हें आसूचक ने पहचानने का संकेत भी दिया । सबको नीचे उतारकर सीमा शुल्क दफ्तर ले जाया गया। भारी संख्या में स्वर्ण बिस्किट मिले। किसी की बेल्टनुमा कमर पेटी में , किसी के जूते में, किसी के अनाज के छोटे झोले में और किसी के शरीर में ही गुप्त स्थान से भारी मात्रा में विदेशी सोना बरामद हुआ।

अधीक्षक के सामने धारा 108 के बयान में सभी ने अपना जुर्म कबूल किया और मालिक को पकड़वाने का वादा भी। दो स्वतंत्र गवाहों के समक्ष आवश्यक कागज़ी कार्यवाही के बाद सभी जेल भेजे गए तथा बरामद माल कस्टम हाउस के कंप्यूटर चालित ताले वाले गुप्त माल खाने में जमा कर विभाग के उच्च अधिकारियों को लिखित आख्या प्रेषित की गई। अभियान की सफलता की ख़ुशी सभी अधिकारियों के चेहरे पर साफ झलक रही थी।

****

186. बतकही

राधा और श्याम हर युग में परस्पर आकर्षित रहे। आइए कलियुग में उनके पास गुजरात के शहर चलते हैं। एक राधा, एक श्याम। दो परिवार। शहर में महज़ 15 किलोमीटर की दूरी पर। श्याम का परिवार मध्यमवर्गीय। केले का थोक व्यापार। मकान शहर के भीतर ।राधा का परिवार निम्न मध्यमवर्गीय, शहर के किनारे चल रहे कुछ कारखानों के करीब। श्याम केले के खेतों में जाकर अपनी गाड़ी पर ठेके पर लिए हुए खेतों से केले कटवा कर लाता। अपने पिता के साथ गोदाम में रखवाता, जहां से रोज सुबह-सुबह दुकानदार खरीद कर ले जाते। राधा माता-पिता व भाई के साथ रहती। केले का एक छोटा खेत उसका भी था। भाई बगल के कारखाने में मिस्त्री का काम करते। पिता बीमार रहते। खेत से सीजन में कुछ पैसे आ जाते।

श्याम हल्के सांवले, हृष्ट-पुष्ट ,कद 6:30 फीट, हंसमुख तथा बाचाल। शिक्षा 12वीं तक। राधा गोरी-चिट्टी, सुंदर एवं सौम्य। परिवार में अपनी मेधा और वजीफे के दम पर इकलौती उच्च शिक्षा प्राप्त। सिविल सर्विस की तैयारी में व्यस्त। हां, कद उसका सामान्य से कम था, मुश्किल से 4'6"। कभी-कभार राधा और श्याम की केले के खेत पर फल कटवाते लदवाते बात-मुलाकात हो जाती। बड़ी आंखों वाली राधा के अधरों पर मंद मुस्कान सदा ही तैरती रहती ।दोनों परिवार व्यापारी वर्ग से आते थे। धीरे-धीरे दोनों ने अपनी

शादी की बात कर ली। दोनों एक दूसरे को पसंद करते थे। श्याम ने पहल किया। घर में बताया ।परिवार को लड़की के कद पर आपत्ति थी, लेकिन श्याम की ज़िद पर साधारण शिष्टाचार के साथ दुल्हन विदा होकर ससुराल आ गई।

दो दिन बाद ही सुबह-सुबह मोहल्ले की महिलाओं ने श्याम के घर धावा बोला। चाय- पानी के बाद मीठे-मीठे श्याम की माता श्री से सवाल शुरू हो गए, 'बहू की लंबाई श्याम से तो बहुत कम है ।उसकी लंबाई के आगे वह कितनी ठिगनी लगती है। आप लोगों ने पसंद कर लिया तो चलिए अब क्या कहा जा सकता है! आदि-आदि।' श्याम कुछ दूरी पर नाश्ता कर रहे थे, लेकिन महिला मंडली की कानाफूसी पर पूरा ध्यान केंद्रित था। वह हाथ मुंह धो कर हाज़िर हो गए। महिला मंडली को बड़े प्यार से संबोधित किया, "मेरी प्यारी काकियों और चाचियों! आप लोगों की बतकही दिशा भटक रही है। क्या जो लड़की लंबी नहीं है, उसकी शादी नहीं होनी चाहिए? यदि आपकी बेटी प्राचीन इतिहास से प्रथम श्रेणी में पोस्ट ग्रेजुएट होती , सुंदर भी होती, लेकिन उसकी लंबाई पांच फीट से कम होती, तो उसकी शादी के लिए आप कैसा लड़का चाहतीं? आपकी बहू इतनी पढ़ी-लिखी है, क्या कुछ लंबी कम है तो मुझे उसे पसंद नहीं करनी चाहिए थी? क्या उसके अन्य गुण मायने नहीं रखते?" उनमें से एक वृद्ध महिला जो पहले भी शांत सब की बात सुनती रहीं थीं, बीच में ही श्याम को टोक कर उन्होंने पटाक्षेप किया, "बेटा क्या करोगे? महिला मंडली की बतकही ऐसी ही होती है। उन्हें कोई विषय चाहिए बात करने के लिए। नहीं है तो वे खोज लेती हैं। अब मंडली बर्खास्त होती है।" इसके साथ ही सभी

महिलाएं गर्दन नीचे किए हुए उठकर मंद मंद मुस्कुराते हुए एक दूसरे को धकियाते चल पड़ीं। 'सू छे, केम छो, हारू छे' की बतकही का अंत हो गया।

****

187. पंद्रह अगस्त का पुजारी

उत्तर प्रदेश के एक मल्टीनेशनल कंपनी के कारखाने में लोग उसके लेखाकार अशोक जी की बात बड़े चाव से किया करते थे। वह यह कि मूल रुप से चित्रकूट निवासी इस व्यक्ति को जाड़ा, गर्मी, बरसात कभी भी किसी मौसम में एक हाफ शर्ट के अलावे कमर से ऊपर अन्य कोई भी वस्त्र जैसे पूरी कमीज, कोट, टोपी, स्वेटर, मफलर,आदि धारण करते नहीं देखा गया।
अशोक जी का कहना था कि उन्हें शीत का कभी एहसास ही नहीं होता।

लेकिन जब भी वहां निराले अशोक जी की बात होती तो मैं उन्हें उनसे भी अनोखे बंगाल के कल्लू मास्टर पंचर वाले की बात सुनाता। कल्लू पंचर वाले की कस्बे में पंचर की इकलौती दुकान थी जो रोजाना सुबह सबसे पहले खुल जाती और फिर सारे दिन साइकिलों की भीड़ लगी रहती और पंचर बनते रहते। तब किसी के पास अन्य वाहन होते भी नहीं थे। लेकिन कल्लू की खासियत यही नहीं थी कि रोज़ दुकान खुलती और सबसे पहले खुलती। उनकी सबसे बड़ी विशेषता यह थी कि वे कभी नहाते नहीं थे सिवाय 15 अगस्त के। 15 अगस्त ही उनका इकलौता वार्षिक अवकाश का दिन होता। वह भी पूरा नहीं क्योंकि उस दिन घर पर वार्षिक स्नान करने के बाद कल्लू दोपहर में अपनी दुकान

आते, सिर्फ चंद मिनटों के लिए और वह भी पंचर बनाने के लिए नहीं। यह साल का विशेष दिन होता। उनकी दुकान की निराली यानी पूरे साल का पहला और आखिरी दिन जब दुकान में अगरबत्ती जलाई जाती थी।

अब चाहे कल्लू कभी नहाते न थे, यहां तक कि बंगाल के दुर्गा पूजा में भी, लेकिन हर 15 अगस्त को स्नान करना वे कभी भूलते भी नहीं थे। कुल मिलाकर कल्लू सिर्फ पंद्रह अगस्त के पुजारी थे।

****

188. सिर्फ वानर जाति के लिए

श्री लाल बैरागी एक आध्यात्मिक व्यक्ति थे। पेड़-पौधों से भी बहुत लगाव था। अपने घर के भीतर काफी जगह उन्होंने छोड़ रखा था। कुछ फलों के पेड़ भी थे। उनमें एक वृक्ष इलाहाबादी अमरूद का था, जो साल में दो बार खूब फलता था, मीठा भी बहुत था। यह अमरुद बंदरों को भी बहुत प्रिय था। वे रहते बगल के पार्क में थे। वहां भी अमरूद के पेड़ बहुतेरे थे। परंतु पता नहीं क्यों बैरागी जी का अमरुद जब भी फलता था , महीने में दो-तीन बार वे आते ज़रूर। कुछ खाते, कुछ फेंकते, कुछ डाल तोड़ते, कुछ बगल के पेड़ों को भी टटोलते।

बैरागी जी ने एक उपाय सोचा। उनका मुहल्ला छोटा ही था। कतार से लगभग 15-20 मकान बने थे। दोनों ओर गेट लगे थे और रात में एक चौकीदार रहता था। लेकिन वानर वृंद तो अधिकतर सुबह-सुबह ही हाज़िर होता था, पूरे दलबल के साथ। पार्क के किसी ऊंचे पेड़ से वे झांका करते और पूर्व-नियोजित कार्यक्रम के अनुसार औचक धावा बोलते। बैरागी जी ने भविष्य के लिए इलाहाबादी अमरूद का एक पौधा अपने गेट के बाहर सड़क पर ही लगा दिया। यह वानरों के लिए था। पेड़ बड़ी तेजी से आसमान की तरफ भागा ।डालें घनी हो गईं। जब फलने का समय आया तो बैरागी जी ने टिन के टुकड़े पर एक द्विभाषी सूचना लिखा, "सिर्फ वानर जाति के लिए/ Only for monkeys" और पेड़ के मोटे तने

में तार से मजबूती के साथ बंधवा दिया।

मुहल्ले के लोगों को कुछ अटपटा लगा। उनमें से किसी ने पूछा भी, "बैरागी जी! यदि हम लोग अमरूद खाना चाहें इस पेड़ से तो?" बैरागी जी ने विनम्रता से कहा, "मना नहीं है, लेकिन यह वृक्ष मूलतः वानर जाति के लिए ही सड़क पर लगाया गया है। आप लोग भीतर से भी ले सकते हैं।" मृदु मुस्कान के साथ सभी संतुष्ट हो गए। बंदरों का झुंड अब भी कभी-कभी भीतर झांक लेता, लेकिन अधिकतर अपने हर दौरे में वे सड़क पर ही उलझ कर रह जाते। तरकीब बुरी नहीं थी।

****

189. इंटरनेट की खांसी

बुझावन पूरे समाज का एक विचित्र व्यक्तित्व है, अनोखा क़िरदार। हाल ही में मेरा उससे साक्षात्कार हो गया। उसकी कुछ जानकारी प्राप्त हुई। बड़े परिश्रम से उसने इंटर तक पढ़ाई की है। इसके लिए उसने एक आदर्श परीक्षा केंद्र का पता लगाया और निजी परीक्षार्थी के रूप में सफलता की गारंटी का फॉर्म भरा। फिर व्यवस्थापक की गारंटी काम भी आई और वह सफल रहा। अब वह किसी सरकारी नौकरी की परीक्षा की प्रतीक्षा में है। किसी जुगाड़ का अनुसंधान चल रहा है।

बुझावन की समझ में आजकल इंटरनेट से काफी इज़ाफ़ा हुआ है। मेरी हाल की मुलाक़ात उससे तब हुई जब वह अपने डॉक्टर से मिलकर वापस आ रहा था। खांसी की दवा लेने गया था अपने होम्योपैथ से। दरअसल उसे 'इंटरनेट की खांसी' हुई थी जैसा कि उसके काबिल डॉक्टर ने उसे बताया। पहले मामूली खांसी हुई थी। बुझावन ने तब इंटरनेट खोला ताकि दवा का पता चले। अब दादी नानी के घरेलू नुस्खे कौन पूछता है! इंटरनेट पर पता चला नींबू शहद गर्म पानी में डालकर सुबह शाम पीने से खांसी ठीक होती है। फिर क्या था! बुझावन ने सुबह शाम 2-2 नींबू पीना शुरू कर दिया। दो-तीन दिनों में खांसी घटने के बजाय काफी बढ़ गई। बुझावन परेशान हो गए। फिर याद आया नेट पर लिखा था डॉक्टर की सलाह अवश्य लें। लिहाज़ा बुझावन

अपने होम्योपैथिक डॉक्टर की शरण में गए। डॉक्टर ने पूछा कब से है खांसी? बुझावन ने इंटरनेट की दवा बताई जिससे खांसी इतनी ज्यादा बढ़ गई है। डॉक्टर एक सप्ताह की दवा देते हुए मुस्कुराया। कहा," कोई बात नहीं, यह दवा एक सप्ताह लीजिए, खांसी बिल्कुल ठीक हो जाएगी। लेकिन यह 'इंटरनेट की खांसी है,' जब तक पूरी तरह ठीक न हो, नींबू का सेवन भूल कर भी मत कीजिएगा। ठीक होने के बाद लीजिएगा। बुझावन चल पड़े। फ़िलहाल 'इंटरनेट की खांसी' उनके गले में अटकी पड़ी थी।

****

190. वक्त

विनय लाल अत्यंत सुंदर सुशील लंबे चौड़े सजीले व्यक्तित्व का स्वामी था। दिल्ली विश्वविद्यालय से उच्च शिक्षा प्राप्त करने के बाद अपने पिता के लंबे चौड़े फैले व्यापार में उसने अपने परिश्रम के बल पर आशा से भी अधिक वृद्धि की थी। इधर वह और भी ज्यादा खुश था, जिसके लिए एक विशेष कारण भी था। हाल ही में उसकी शादी एक अति सुशील व सुंदर तथा शिक्षित कन्या से निश्चित हुई थी। पूरा परिवार शादी से पहले ही खुशियां मनाने में जुट गया था। रोज कोई न कोई कार्यक्रम होते रहते थे। लेकिन पता नहीं किसकी नज़र लगी कि अचानक ही यह अच्छा वक्त विनय के लिए बुरे वक्त में परिवर्तित हो गया , जिसकी कभी किसी को उम्मीद नहीं थी।

वह यह कि विनय परिवार का ध्यान रखने वाला एक आज्ञाकारी बेटा भी था। वह अक्सर घर के काम से बाइक लेकर निकल जाता और छोटे-मोटे काम कर आता। 3 माह पहले पता नहीं किस प्रारब्ध के वशीभूत एक शाम वह घर की सब्जी खरीदने बिना बाइक लिए पैदल ही सड़क पर टहलता हुआ पास के सब्जी मंडी तक चल पड़ा। अभी घर से निकला ही था कि सामने सड़क पर उसकी एक मोटरसाइकिल वालों से भिड़ंत हो गई। बाइक पर दो लड़के बैठे थे। गाड़ी लहराते हुए उसके ऊपर ही गिर पड़े। शायद

पी रखे थे दोनों ही। भयंकर चीख-पुकार मची। बाइक वालों को पकड़कर दूसरे लोग थाने ले गए। विनय बाबू को तुरंत अस्पताल की इमरजेंसी में ले जाया गया। एक पैर में बहुत अधिक चोट लगी थी। विशेषज्ञ के पास ले जाया गया। हड्डी वाले नर्सिंग होम में 3 महीने से ऊपर भर्ती रहे। पैर कटने से बचा। डॉक्टर ने और 3 महीने का फिजियोथैरेपी का कार्यक्रम बताया। इसी बीच जिस कन्या से शादी तय हुई थी उसके पिता विदेश वापस चले गए और वह शादी रुक गई। ईश्वर जाने आगे यह शादी होगी भी या नहीं। अब यहां वक्त ने धोखा दिया या प्रारब्ध का फल था, इस प्रश्न का उत्तर भी ईश्वर के ही पास है।

****

191. कर्मफल

कोठीगांव के होशियारचंद अपने इलाके के रईस थे, रायबहादुर की पदवी के साथ अंग्रेजों के ज़माने के जमींदार-कारखानेदार। उनकी कोठी के साथ ही चारदीवारी से घिरा हुआ एक विशाल खपरैला मकान भी उनके पास था। साथ ही काफी खेत-बाग, तालाब, मंदिर तथा अपना स्कूल भी था। शायद इलाके में उनकी इकलौती कोठी के चलते ही गांव का नाम कोठीगांव पड़ा था। उनके तीन भाई थे। होशियारचंद के जीवन की दो मुख्य विशेषताएं थीं। एक तो वे बहुत अच्छे व्यापारी थे। गांव में ही एक बड़ा सा खांडसारी का कारखाना था। उसका संचालन वे बड़ी कुशलता से करते थे। दूजे वे बेहद रोबदार व कड़कमिजाज इंसान थे। उनके सामने आसपास के गांवों में भी किसी की बोलने की हिम्मत नहीं होती थी। अपने भाइयों तक को दबाकर रखते थे। कोठी में बैठकर कारखाने का संचालन करते थे। शेष तीनों भाई खपरैल वाले मकान में रहते थे । उनसे काम तो खूब लेते थे, लेकिन जब उन्हें कोई सुविधा देने की बात होती तो यथासंभव कंजूसी ही करते थे। यहां तक कि जब सब के परिवार बढ़े और पारिवारिक संपत्ति का बंटवारा किए तो स्वयं कोठी के साथ आधे हिस्से के मालिक बन बैठे और तीनों भाइयों को उनके सीधेपन का फ़ायदा उठाकर शेष बची आधी संपत्ति में हर एक को हिस्सा लगा दिए।

कालांतर में उनके तीनों भाई गांव से उदासीन होकर एक-एक कर अपनी संपत्ति गांव वालों को बेचकर बड़े शहरों में

जा बसे। उनके परिवार के बच्चे शिक्षित होकर बड़े-बड़े पदों पर पहुंच गए या अच्छे आधुनिक व्यापार में नाम कमाए। दूसरी ओर कोठी वाले बड़े भाई होशियारचंद के यहां तो जैसे भाइयों की आह लग गई। उनके कर्म फल प्रारब्ध बनकर जैसे उनके सामने बुरे वक्त के रूप में प्रस्तुत हो गए। उनकी मृत्यु 75 की उम्र में हो गई। सबसे बड़ा बेटा करमचंद पिता की मृत्यु के 2 वर्ष बाद ही अपनी बीमारी के साथ चल बसा। मछला बेटा फकीरचंद उनकी कड़कमिजाजी और रोजमर्रा की डांट-फटकार बर्दाश्त नहीं कर पाया और उनके जीते जी क्रोध में एक दिन तिजोरी से उनका सारा सोना-चांदी, हीरा-जवाहरात लेकर कहीं अदृश्य हो गया। उसका कभी पता नहीं चला। अब बचा उनका सबसे छोटा बेटा हरखचंद जो उनका दुलारा था। उनका सम्मान भी करता था। लेकिन उनके रहते ही वह रईसी का फ़र्ज़ निभाता चोरी छुपे शराब का आदी हो चुका था। पिता की मृत्यु के बाद और पीने लगा। नौकर भी साथ देते। अंततः शराबखोरी के चलते 65 की उम्र में होशियारचंद के कुल का आखिरी दीपक भी बुझ गया। नतीजतन होशियारचंद की मृत्यु के 20 साल बाद ही उनके परिवार में कोई दिया जलाने वाला नहीं बचा। अब आप वक्त कहें या समय, वह आपके संचित कर्म फल के अनुसार बदलता रहता है। शायद भाइयों के प्रति उनके कर्मों का फल था यह।

****

192. देश की याद

रामहरख गांव के विद्यालय में आठवीं तक पढ़ पाए थे तब तक पिताजी गुज़र गए। कुछ खेती थी। उससे कुछ समय तक निबटे, लेकिन उससे काम न चलते देख खेत बटाई पर देकर विदेश चले गए। सुने थे पास के एक गांव के लोग दूसरे देश में जाकर बहुत पैसे कमा लेते हैं। वह भी 'विदेशिया' बन गए। लेकिन रामहरख गांव कभी भूले नहीं। जन्म भूमि भूलते भी तो कैसे? कुछ पैसे जोड़ लिए तो देश में शहर में कोई ज़मीन लेना चाहे जहां घर बनाकर बच्चों को पढ़ाते। यही उनका सपना था। खैर, अगली बार जब गांव आए तो सुने पास के कस्बे में कोई सज्जन अपनी ज़मीन बेचना चाहते थे। कुछ महंगा जरूर था, लेकिन उनका मन आ गया। ज़मीन सड़क के किनारे थी। कुछ पैसे कम पड़े तो अपना खेत बेचकर शहर की जमीन ले ली। फिर विदेश वापस चले गए। बाद में पता चला वह ज़मीन विक्रेता की थी ही नहीं, जो उसने तहसील वालों से मिल-मिलाकर उन्हें लिख दिया था। पता लगा वह ज़मीन पहले से बिजली विभाग ने अधिग्रहित कर लिया था पावर हाउस बनाने के लिए। बड़ा बुरा हुआ। करें क्या ? अदालत का रुख किए। फिर काफी खर्च हुआ। वकील और मजिस्ट्रेट के सामने रोए-गाए , तो कई तारीखों के बाद किसी तरह हरजा-खर्चा वापस मिला और तहसील कभंर्मचारी व विक्रेता को धोखाधड़ी के लिए सज़ा हुई। रुपए वे पहले ही खा-पी गए थे। फिर तो रामहरख ने देश सदा के लिए छोड़ दिया। बच्चे वहीं कुछ

पढ़-लिख कर कारखाने या किसी मॉल में काम करने लगे।

बरसों बाद विदेश में उनके तीन बच्चे आज सायं काल पिता की पुण्यतिथि पर साथ बैठे उस घटना को याद कर दुखी हो रहे थे जिसने उनके परिवार को अपने देश में पुनः स्थापित होने से सदा के लिए रोक दिया। वहां उन्हें अब कौन पहचानेगा! "जहां बसहिं तंह सुंदर देसू" सोचकर सभी संतोष कर लिए ।

****

परिशिष्ट

193. परिशिष्ट

रूहानी सुरों के साधक स्वर लहरी पं. पद्मधर झा शर्मा जी ने मेरे लिखे तमाम गीतों को अपनी जादुई आवाज़ में संगीतबद्ध किया है। उन गीतों की सूची नीचे दी जा रही है। पाठकगण जब चाहें इन गीतों को मेरे यूट्यूब चैनल www.youtube.com@rajendragupta3152 पर सुन सकते हैं:-

1. इन सर्द भरी रातों में याद तुम्हारी आती है
2. चुप्पी प्रिये अब डराने लगी है
3. अद्भुत हमारी जिंदगी/जब लौटती है जिंदगी
4. अब भी तुझे मैं उतना ही प्यार करता हूं
5. मुड़-मुड़ के न देख इस क़दर ऐ जिंदगी
6. बाती बढ़ाए जा, दिया जलाए जा
7. मैं अकेला नहीं हूं
8. अंधेरा ही अंधेरा है
9. रुक जाओ जरा ठहरो, हो जाए तो चलूं
10. अरे ओ रे पवन
11. छम-छम करते ना आती तुम
12. आज भी याद है, कैसा तो वह पल रहा होगा
13. घनघोर घटा, बरसे बदरा
14. काश! तुम मेरा कहा सुन लिए होते
15. मेघा फिरा, पानी गिरा
16. नटखट नंदलाल
17. अद्भुत है धवल चंद्र, अद्भुत है धवल चाँदनी

18. उपवन में एक गुलाब खिला
19. ॐ नमः शिवाय
20. प्रिये वहां कैसे रहती हो?
21. शायरी है, कविता है, गीत है, ग़ज़ल है
22. रामायण हमने सुन रखी है
23. सुख-दुख के अटूट बंधन में यह जग बंधा हुआ है
24. जीवन को बहने दो
25. मंदस्मित तेरे कमल नयन
26. राधे-राधे आओ, वृंदावन हो लें
27. पथ वह तेरा कंटकमय था
28. कांटों से भरे इस पथ पर राही
29. 'मैं ' नहीं, परम ब्रह्म होता
30. जाने के बाद (चाहे जितना भला करो)
31. मन भटके तो मैं भी सोचूं
32. आज वक्त जाने का हुआ तो...
33. पहचान घड़े की अपरंपार
34. कविता के द्‌वार चलते हैं
35. गुरु पर गर्व, अभिमान हमें
36. रात भर चाँद यूं ही चमकता रहा
37. हंसता ही रहता हूं
38. धूप की ख़ुशी मनाने दो
39. कैसी यह पायल झंकार प्रिये
40. कहीं और बसेरा (छोटे-छोटे धरती के टुकड़े...)
41. जिंदगी.... तूने मुझे जीना सिखा दिया
42. ग्रीष्म भयंकर, अति प्रलयंकर
43. अपनी तक़दीर को रोऊं कि उन्हें याद करूं (जाने के बाद)

44. कैसी मेरी तन्हाई
45. कहां नदी का तीर रे!
46. सुबह-सुबह के सपने
47. कुछ न कहो प्रेम करें
48. मैं ढूंढता रहा चाँद को दर-बदर
49. काश चाँद कुछ आता नीचे, पृथ्वी उठती ऊपर
50. बिखर गई है लालिमा क्षितिज के ललाट पर
51. मन के भीतर अंतर्मन है
52. भारत में श्री राम बिना क्या.....
53. वह दृश्य भयावह कुदरत का
54. हे चंदा ! नारंगी गोला
55. प्राण घायल रहा, दर्द ही दर्द था
56. प्रेम समर्पण शुद्ध है/दोहे
57. सुख-दुख आवत जात है/दोहे
58. मन की भटकन रोकिए / दोहे
59. किसको मैं अपनी कथा सुनाऊं?
60. नकली थे मुखौटे लगाए सभी ने
61. लज्जा की लाली
62. राधा की परीक्षा
63. मन का शीशा जब साफ़ हुआ
64. कभी चाँद छिपा बादल में
65. एक ऐसी कहानी भी हो
66. कब जइबें पिया अपनी नगरिया?
67. कितना कुछ कहती बहना की राखी 22
68. इस गहरी-सी संध्या में लाल क्षितिज के नीचे
69. आपने कहा ग़म भुलाने को पी लो थोड़ी शराब
70. दुनिया तो महज़ दिखे दोरंगी

71. वर्षा की बूंदों के बाद
72. प्रेयसी ! तुम कहां नहीं हो !
73. इतनी ही पीता हूं कि कभी खरीदी नहीं शराब
74. धवल चांदनी की रातों में
75. हंसने के तराने होंगे तो रोने के भी गाने हैं
76. आंखों में समंदर है, समंदर का ही पानी है
77. अलि डोल रहे डाली-डाली
78. कठौता का पानी, कागज की नाव
79. उदधि पार तुम मुझे कराते
80. जग में आए, दुनिया देखी
81. बेटे ऐसे क्यों होते हैं?
82. हो प्रसन्न, वर दे !
83. गणपति वंदना
84. मां दुर्गे, वर दो !
85. जग सुंदर हो !

नोट-मेरे कुछ काव्य पाठ भी इसी चैनल में हैं।

****

www.ingramcontent.com/pod-product-compliance
Lightning Source LLC
LaVergne TN
LVHW090232051026
849517LV00001B/283
* 9 7 9 8 8 9 5 5 6 6 6 0 2 *